INSTITUT DE FRANCE

ACADÉMIE DES INSCRIPTIONS ET BELLES-LETTRES

NOTICE

SUR LA VIE ET LES TRAVAUX

DE

LÉOPOLD-VICTOR DELISLE

PAR

M. GEORGES PERROT

SECRÉTAIRE PERPÉTUEL DE L'ACADÉMIE

Lue dans la séance publique annuelle du vendredi 17 novembre 1911

PARIS

TYPOGRAPHIE DE FIRMIN-DIDOT ET Cie

IMPRIMEURS DE L'INSTITUT DE FRANCE, RUE JACOB, 56

M D CCCC XI

Hencq Jujardin   Perre Petit Phot.

INSTITUT DE FRANCE

ACADÉMIE DES INSCRIPTIONS ET BELLES-LETTRES

NOTICE

SUR LA VIE ET LES TRAVAUX

DE

LÉOPOLD - VICTOR DELISLE

PAR

M. GEORGES PERROT

SECRÉTAIRE PERPÉTUEL DE L'ACADÉMIE

Lue dans la séance publique annuelle du vendredi 17 novembre 1911

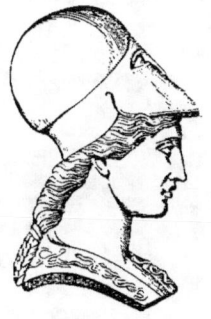

PARIS

TYPOGRAPHIE DE FIRMIN-DIDOT ET Cie

IMPRIMEURS DE L'INSTITUT DE FRANCE, RUE JACOB, 56

—

M D CCCC XI

NOTICE

SUR LA VIE ET LES TRAVAUX

DE

LÉOPOLD-VICTOR DELISLE

PAR

M. GEORGES PERROT

SECRÉTAIRE PERPÉTUEL DE L'ACADÉMIE

Lue dans la séance publique annuelle du 17 novembre 1911.

———————

I

MESSIEURS,

L'an dernier. le 22 juillet 1910. l'Académie perdait, en Léopold Delisle. son doyen d'âge et d'ancienneté, celui de tous ses membres à qui le nombre et le mérite de ses travaux avaient valu, en France et hors de France, le plus de réputation et l'autorité la mieux établie. Ce qu'il y eut de douleur franche. de respect affectueux dans les hommages qui furent alors rendus au confrère qui venait de nous quitter, vous vous en souvenez. Toutes les voix eurent un même accent de sincérité, la voix de

notre président, interprète éloquent des regrets de la
Compagnie, les voix des orateurs qui représentaient soit
les écoles et les établissements auxquels Delisle avait
appartenu, soit les sociétés savantes qui tenaient à honneur de l'avoir vu leur accorder son concours. Ce même
accent, aussi ému, nous l'avons retrouvé dans les mes-
sages que plusieurs académies étrangères nous ont adres-
sés pour nous dire quelle part elles prenaient à notre
deuil. C'est surtout dans la lettre qui nous a été écrite, à
ce propos, par l'illustre Académie de Berlin, que cette
sympathie s'est exprimée avec une touchante effusion.

Si, dans cette séance, j'ai cru devoir vous remettre en
présence de Léopold Delisle, ce n'est pas que, pour me-
surer la profondeur du vide qui s'est fait dans nos rangs
quand s'est ouverte cette tombe, j'espère trouver des
paroles plus vives et plus fortes que celles qui ont été
alors prononcées. C'est que Léopold Delisle a tenu parmi
nous une trop grande placé et que, par ses ouvrages,
comme par son action personnelle, il a trop efficacement
concouru à soutenir ou plutôt à rajeunir et à accroître
encore l'antique renom de notre Compagnie pour que ne
s'imposât point à ma pensée l'urgence d'une dette à payer.

Cette tâche, je ne l'ai point entreprise, il me faut
l'avouer, sans quelque appréhension. Mes propres recherches ne m'avaient jamais conduit sur ce terrain de
l'histoire nationale où s'est établi avec tant d'autorité
notre regretté confrère, sur ce terrain que, pendant tout
le cours d'une longue vie, il n'a pas cessé d'explorer en
tout sens pour y faire, à chaque pas, d'importantes découvertes. Cet embarras, je n'en aurais pas triomphé sans le

concours empressé que voulurent bien m'apporter, pour
m'aider à m'orienter sur un terrain où tout était nouveau
pour moi, plusieurs de mes confrères, qui sont fiers
de se dire les élèves de Léopold Delisle! Ils reven-
diquent ce titre d'élèves du maître, bien que celui-ci
n'ait jamais occupé aucune chaire, qu'il n'ait enseigné
que par l'exemple, par les modèles que ses écrits offraient
à qui savait en méditer la leçon, par la part qu'il prenait,
dans sa chère École des Chartes, aux examens de fin
d'année et à la soutenance des thèses, enfin par les avis
qu'il était toujours prêt à donner, avec une obligeance que
ne lassait aucune question, à quiconque venait solliciter le
secours de sa science et de sa critique.

Sans ce secours opportun, je n'aurais peut-être pas
osé tenter l'aventure de l'étude et de l'éloge qui, je l'avais
compris dès le lendemain de la perte que nous avions
faite, incombait à votre Secrétaire perpétuel. Quand je
commençai de songer à remplir le devoir qu'il ne m'était
pas permis de décliner, ma première idée fut de recourir
à la *Bibliographie des travaux de M. Léopold Delisle* qu'a
publiée M. Paul Lacombe (1). J'admirai ce monument
d'une vénération qui tient de la piété. Je fus émerveillé de
l'étendue des recherches qu'il suppose et du religieux souci
de l'exactitude dont la marque y est partout empreinte;
mais, quand j'arrivai aux dernières pages du supplément,
le sentiment que j'éprouvai fut plus vif encore, ce fut une

(1) Paul Lacombe, *Bibliographie des travaux de M. Léopold Delisle*, 1 vol.
in-8°, 511 pages, Imprimerie nationale, 1902. *Bibliographie des travaux de
M. Léopold Delisle, Supplément.* 1900-1910, in-8°, librairie Henri Leclerc,
87 pages, 1911.

vraie consternation. M. Lacombe avait tout enregistré,
livres publiés à part, mémoires insérés dans les recueils de
l'Académie et d'autres Sociétés savantes, comptes rendus
d'ouvrages, notes sur des points de détail, etc. Il y avait,
en tout, 2102 articles inscrits à ce catalogue. Comment
choisir entre tous ces titres, comment deviner quels
étaient ceux de ses écrits que l'on pouvait considérer
comme les chefs-d'œuvre de l'auteur? Ce qui me tira de
peine et me rendit courage, ce fut les indications que
voulurent bien me donner, de vive voix et par écrit,
plusieurs de mes confrères, qui connaissaient par le menu
l'œuvre de Léopold Delisle, pour s'être formés à son école.
C'est eux qui m'ont servi de guide, quand je me sentais
perdu parmi cette végétation touffue. Ils ont écarté devant
moi les branches qui gênaient ma vue. Ils m'ont conduit
comme par la main vers ces hautes clairières d'où, en
forêt, on domine les taillis voisins et ont signalé les parties
fortes et saillantes de l'œuvre, celles où le maître a fait
de sa doctrine et de sa méthode les applications les plus
brillantes, où il a donné les preuves les plus frappantes
de sa rare pénétration.

Cette œuvre si considérable et si variée, aucun critique,
disposât-il de plus d'espace que n'en comporte cette
notice, ne peut prétendre à l'étudier pièce à pièce, à en
présenter une exacte et complète analyse. Tout ce que
l'on peut se proposer, c'est d'appeler l'attention sur quelques-uns des résultats de ce prodigieux labeur, c'est de
définir l'originalité de cet esprit inventif et vigoureux,
c'est de montrer par quelques grands exemples quels
chemins il s'est tracés pour arriver à la découverte de la

vérité historique. Je ne saurais avoir d'autre ambition. Si
je réussis, dans une certaine mesure, à la satisfaire, je
devrai surtout ce succès aux collaborateurs bénévoles que
j'ai trouvés parmi vous, à MM. de Lasteyrie, Omont, Élie
Berger et Durrieu. Ils me permettront de leur dire ici
combien je leur suis reconnaissant de m'avoir aidé à
payer une dette qui était celle de notre Académie et de
la science française.

II

Pour s'expliquer cette production si considérable,
dont l'ampleur et la diversité surprennent et effrayent
presque le lecteur qui voudrait en prendre connaissance,
il est nécessaire de rappeler tout au moins les principaux
incidents de cette longue vie qui, dans son développement régulier, a été si uniforme et si bien remplie. Il
faut surtout montrer comment tout y a été calculé, dès
la première jeunesse, pour que ne fût pas perdue une
seule heure de ces années que, par une juste récompense,
la destinée allait accorder si calmes et si nombreuses à
qui savait en faire un si bon emploi. Dans cette biographie, ou plutôt dans cette esquisse d'une biographie, tout
en marquant les points de repère indispensables, ce que
nous nous attacherons de préférence à mettre en lumière, ce sera la belle ordonnance de cette vie, le sys-
tème des règles que s'imposa le travailleur passionné,
règles qui d'ailleurs se tournèrent bientôt en habitudes.

Léopold Delisle naquit en 1826, dans le département
de la Manche, à Valognes, où son père exerçait la méde-

cine. Il apprit à lire, à écrire et à compter chez les
frères de la Doctrine chrétienne; puis il entra au collège, bien modeste aussi, de sa ville natale. Par quelques-
uns de ses condisciples, dont les derniers sont morts il y
a quelques années à peine, on a su que, dès cette époque,
l'adolescent montrait les plus heureuses dispositions
pour le latin et pour l'histoire (1); mais, comme la plupart de ses camarades, il n'aurait, selon toute apparence,
pas poussé plus loin ses études, sans le hasard d'une
rencontre qui vint, bien à propos, le révéler à lui-même
et donner un but à sa vie. N'eût été cette circonstance
imprévue, ses parents n'auraient pas eu pour lui d'autre
ambition que de le pousser vers une de ces carrières admi-
nistratives qui avaient alors, qui ont aujourd'hui encore
tant de prestige aux yeux des familles bourgeoises de
province. Peut-être serait-il entré dans les *Droits réunis*
ou bien, comme le fera quelques années plus tard son
frère cadet, dans l'Enregistrement.

Un ancien aurait dit que c'était Clio, la muse de l'histoire, qui, à l'heure opportune, avait mis sur le chemin
de l'adolescent l'homme de mérite qui l'engagea dans la
voie où l'attendaient de si vifs plaisirs d'esprit et une
renommée de si bon aloi. C'est à l'intervention de ce personnage que nous devons Léopold Delisle, comme celui-ci
l'a déclaré lui-même, en rappelant avec une reconnais-

---

(1) Nous tirons ce renseignement de la très intéressante notice que,
peu de temps après la mort de Delisle, M. Seymour de Ricci consacrait à
Léopold Delisle dans la *Revue archéologique* (1910², p. 105-148). Nous aurons
l'occasion de faire encore d'autres emprunts à cette étude dont l'auteur
est très bien informé.

sante émotion les services que lui avait rendus M. de
Gerville. Si notre confrère pouvait m'entendre, il me
saurait certainement gré d'associer à l'hommage que nous
lui rendons la mémoire de celui qui fut, à vrai dire, son
initiateur et son premier maître (1).

Charles Duhérissier de Gerville, gentilhomme normand,
avait émigré en Angleterre au début de la Révolution. Il
y avait vécu en donnant des leçons de français; mais il
avait su profiter de son séjour à l'étranger pour compléter
son instruction. Quand il était rentré en France, sous
l'Empire, il rapportait de l'exil des connaissances assez
étendues en histoire naturelle et en archéologie. C'était
ce que l'on appelait jadis un *antiquaire*, d'un nom qui a
un peu perdu de son sens depuis que les différentes dis-
ciplines se sont spécialisées en se développant. Il étudiait,
il aimait tout ce qui se rapportait au passé de sa province, les vieux livres, les vieux papiers, les vieilles
images, les châteaux et les églises d'autrefois. Ce fut un
précurseur. Préludant au rôle que devait jouer, bientôt
après, son compatriote Arcisse de Caumont, il fut un des
premiers à essayer de déterminer l'âge des édifices et il
tenta, sans grand succès, de disputer au pic des démolis-
seurs quelques églises désaffectées.

Intéressé par ce qu'il entendait raconter des goûts stu-
dieux du jeune homme, M. de Gerville l'attira chez lui.

---

(1) Ces détails sur les débuts de sa vie de savant et sur ce qu'il dut à
M. de Gerville, Delisle les donne dans les *Souvenirs de jeunesse* qui figurent
en tête des *Recherches sur la librairie de Charles V* dont il fit présent à
l'Académie lors de la célébration du cinquantenaire de son entrée dans la
Compagnie, en 1907 (Paris, Champion, 2 vol. in-4°).

Il l'interrogea sur ses études et se trouva bientôt amené
à lui en proposer d'autres auxquelles le collège ne l'aurait
pas convié. Il lui enseignait l'anglais et lui faisait lire des
livres anglais. Il lui parlait surtout du moyen âge normand ;
il feuilletait avec lui les vieilles chroniques qui en racon-
taient l'histoire. Le père et la mère de l'écolier ne laissaient pas d'être un peu inquiets de voir leur fils passer
ainsi des journées entières chez leur voisin le savant. Ils
craignaient que ce ne fût là pour lui du temps perdu ;
mais c'était à tort que s'alarmait leur sagesse timide ou
pour mieux dire timorée, comme l'a toujours été celle
des parents les meilleurs et les plus sensés.

C'était pourtant là que, dans cette bibliothèque, parmi
tous ces grimoires, allait jaillir l'étincelle qui viendrait
allumer, dans ce jeune esprit, une flamme que la mort
seule pourrait éteindre. Dans un de ces entretiens qui se
renouvelaient sans cesse, M. de Gerville avait parlé à son
disciple d'une certaine *École des Chartes* où ce serait un
grand honneur d'entrer. A quoi l'on s'occupait dans cette
école et ce que l'on y apprenait, c'est ce dont le collégien
ne s'était pas fait, au premier moment, une idée très
nette ; mais son incertitude ne dura pas longtemps. Nous
laissons ici la parole à notre cher confrère :

« M. de Gerville, le jour même où il avait prononcé
devant moi le nom de cette école, m'offrit de m'initier à
la lecture des anciennes écritures et il tira d'un coin de
sa bibliothèque un vieux registre qu'il me dit être le cartulaire de l'abbaye de Saint-Sauveur-le-Vicomte. Après
m'avoir expliqué ce qu'on trouvait dans un cartulaire, il
me fit lire, au commencement de son manuscrit, quelques

lignes écrites en beaux caractères gothiques. C'était une charte de Henri II, roi d'Angleterre. L'exercice ne me parut pas au-dessus de mes forces, et je fus ravi d'emporter le cartulaire chez mes parents, dans ma chambre d'écolier, de sorte que la plus plaisante de mes récréations consista, pendant tout un été, à copier une bonne partie du cartulaire, que mon premier maître en paléographie déposa, peu de temps après, aux Archives du département de la Manche (1). »

Il y a ainsi, dans la vie de presque tous les hommes supérieurs, une heure décisive où, parfois dès l'enfance, plus souvent au cours des années de la première jeunesse, sous un léger choc, grâce au hasard d'une conversation, d'un conseil, d'un spectacle inattendu, un secret ressort a joué, une puissance s'est éveillée dans une intelligence dont l'originalité ne s'était jusqu'alors trahie par aucun signe qui permît d'en prévoir l'avenir. Cette heure mémorable, c'est celle où s'annonce et se détermine la vocation. Jamais pour personne cette heure ne sonna d'un timbre plus clair et plus vif que pour Léopold Delisle. Jamais appel ne fut plus impérieux; mais encore celui qui l'avait si vite entendu devait-il, pour y répondre, vaincre la résistance de ses parents. Ceux-ci se résignaient mal à cette École des Chartes qui ne ménageait l'accès d'aucune des carrières vers lesquelles, autour d'eux, se tournaient à l'envi les jeunes gens de bonne famille. Pour triompher de ces méfiances, M. de Gerville dut revenir souvent à la charge. S'il finit par en avoir raison, c'est que l'on

---

(1) *Souvenirs de jeunesse*, p. XII-XIII.

n'aurait pas voulu paraître manquer de déférence envers
un personnage qui, grâce à son titre, à sa fortune et à sa
réputation de savant, faisait figure dans la ville et dans
toute la province.

Vers la fin de l'année 1845, les parents de Léopold
Delisle se décidèrent donc à le conduire à Paris pour qu'il
y fît les études que préconisait M. de Gerville; mais, tout
en déférant aux désirs du jeune homme et de son patron,
ils n'avaient pas, alors même, pris tout à fait leur parti
de cette aventure; ils espéraient encore un revirement.
C'est ainsi que, lorsqu'ils dirent adieu à leur fils, ils l'in-
vitèrent à suivre, en même temps que les cours de l'École
des Chartes, ceux de l'École de droit. Il alla, par obéis-
sance, prendre une ou deux inscriptions place du Pan-
théon. Peut-être même assista-t-il à quelques cours de
droit; mais il obtint bientôt de ses parents la permission
de ne pas partager son temps entre les deux écoles. Il n'y
eut plus, dès lors, pour lui, qu'une seule école qui comptât,
celle dont l'enseignement allait lui ouvrir les avenues qui
le conduiraient au cœur de ce moyen âge français dont
les profondeurs obscures sollicitaient l'impatiente curiosité de son regard. Son premier soin fut donc de s'assurer
des concours qui l'aideraient à régler son travail, à user
avec méthode et sans retards inutiles de toutes les ressources que pourraient lui fournir soit les savants qui
professaient les sciences auxquelles il voulait s'initier,
soit les grands dépôts publics, la Bibliothèque nationale
et les Archives du royaume, où se conservaient depuis
des siècles tous les documents qui étaient comme la trame
de l'histoire du pays.

Tout frais débarqué de sa province, le jeune homme n'avait dans la grande ville ni maîtres, ni camarades et amis. Par bonheur, M. de Gerville avait pensé à tout; il s'était arrangé pour épargner à son cher élève les premiers ennuis du dépaysement, pour le pourvoir de guides et de patrons qui lui évitassent des pertes de pas et de temps. « J'apportais dans mes bagages », raconte Delisle, « trois pièces infiniment précieuses, des lettres adressées par M. de Gerville à ses amis Charles Lenormant, conservateur à la Bibliothèque royale et membre de l'Académie des Inscriptions, Auguste Le Prevost, député de l'Eure et membre libre de la même Académie, et Jules Desnoyers qui fut, plus tard, lui aussi, membre libre de notre Académie. Merveilleux fut l'effet de ces lettres. A l'accueil qui leur fut fait, je crus voir mon avenir assuré, surtout quand M. Desnoyers m'eut mis sous la protection particulière de ses meilleurs amis, Benjamin Guérard et Natalis de Wailly, qui partageaient avec lui la direction de la Société de l'Histoire de France (1). »

Alors que le débutant se vit enfin admis à cette école de ses rêves vers laquelle l'avait acheminé la sagesse prévoyante de son vieil ami, il y était donc déjà attendu et signalé comme un étudiant hors ligne, qui ferait honneur à ses maîtres. Cette école, il l'a toujours tendrement aimée et, jusqu'aux derniers jours de sa vie, il lui prodigua les témoignages de l'affection et de la reconnaissance qu'il lui avait gardées. Elle était loin cependant de lui avoir offert l'enseignement riche et varié qu'y trouvent

---

(1) *Souvenirs de jeunesse*, p. XIII.

aujourd'hui ceux qui viennent frapper à sa porte. La haute
et patriotique pensée qui lui avait donné naissance en
1821 n'avait pas encore produit tous ses effets. L'École
n'était pas dans ses meubles. Elle était mal outillée. Ses
cadres n'étaient pas au complet. En 1846, Delisle n'eut
à suivre qu'un seul cours, que Guérard faisait dans les
combles de la Bibliothèque royale et qu'il dut interrompre
à plusieurs reprises, pour raison de santé. En 1847, on
prit le parti de mieux doter l'École et de la réorganiser;
on la transféra dans une dépendance de l'Hôtel des Archives; mais les travaux d'installation, commencés trop
tard, réduisirent à trois mois la durée des cours. En 1848,
la révolution et les émeutes que la suivirent amenèrent
une assez longue fermeture des cours. L'effervescence des
journées de Février n'avait pas laissé indemnes les élèves
de l'École. D'Arbois de Jubainville a raconté l'assemblée
générale qui, à la fin de février 1848, réunit tous les
élèves sous la présidence d'Adolphe Tardif (1). On y vota
d'enthousiasme une adresse au gouvernement provisoire,
qui débutait ainsi : « Les élèves de l'École des Chartes,
après avoir, par leurs études, suivi dans le cours des
siècles le développement de la liberté française, viennent
avec bonheur en saluer le couronnement définitif. » Ce
fut, là, j'imagine, la seule fois de sa vie que Delisle prit
part à une manifestation politique.

Cette insuffisance et cette intermittence de l'enseignement auraient pu déconcerter un étudiant ordinaire; mais

---

(1) *Deux manières d'écrire l'histoire* (Paris, E. Bouillon, 1896, in-18),
p. 111-112.

Delisle n'avait eu besoin, pour s'orienter, que de ces quelques leçons reçues comme à la dérobée. Il savait déjà où trouver les documents qui pourraient l'intéresser et comment les utiliser. Dès sa seconde année d'école, à vingt ans, il écrivait déjà dans cette *Bibliothèque de l'École des Chartes* qui devait, pendant plus d'un demi-siècle, le compter parmi ses collaborateurs les plus actifs et les plus autorisés. Dans le huitième volume de ce recueil, qui avait été fondé en 1839, Delisle publiait une magistrale étude sur les *Monuments paléographiques concernant l'usage de prier pour les morts,* suivie d'une bibliographie des *Rouleaux mortuaires.* Ce travail, présenté par l'auteur, en 1849, au concours des *Antiquités nationales,* lui valait la deuxième médaille et le rapporteur, Charles Lenormant, jugeait ainsi l'essai auquel l'Académie avait accordé une si haute récompense : « Ce mémoire, limité à un sujet de peu d'étendue, est un morceau achevé. Pour un début dans la science, il était difficile de rien produire qui montrât mieux tous les caractères de la maturité. »

Dans ce même volume du recueil paraissait aussi un travail sur *Le Clergé normand au XIIIe siècle,* d'après le *Journal des visites pastorales de l'archevêque Eudes Rigaud,* que venait de publier Théodore Bonnin. La même année encore, il faisait imprimer, dans les *Mémoires de la Société des antiquaires de Normandie,* trois articles intéressants, dont chacun avait pour thème la découverte et la publication d'un document inédit. En 1848, c'était encore dans la *Bibliothèque de l'École des Chartes* qu'il analysait un texte inédit du XIIe siècle, les *Miracula ecclesiæ Constantiensis.*

C'était un extrait d'une copie que M. de Gerville avait faite, vers 1820, avant que ce manuscrit disparût, du *Livre noir* de l'église de Coutances.

Vers le même temps, il prenait plaisir à insérer dans le *Journal de Valognes* quelques articles plus courts, consacrés à des personnages qui avaient marqué dans l'histoire politique ou religieuse de la Normandie. C'était là de simples esquisses que souvent il a reprises plus tard, sous une forme plus développée. On pourrait citer ainsi plus d'un sujet auquel il est revenu jusqu'à trois ou quatre fois, se complétant et se corrigeant lui-même à chaque remaniement, ajoutant des détails nouveaux, fournissant des preuves là où il n'avait émis d'abord que des hypothèses. Pour le moment, le jeune savant aimait à prendre comme confidents de ses premières trouvailles les parents et les camarades qu'il avait laissés au pays.

Jamais d'ailleurs il n'y eut d'homme plus soucieux que ne l'a été Léopold Delisle de ne point laisser se relâcher les liens qui le rattachaient à sa terre natale et à ses compatriotes normands. Il ne s'est pas cantonné, comme l'ont fait, non parfois sans grand profit pour la science, certains savants provinciaux, dans l'histoire d'une seule province ; mais il a toujours, de sa jeunesse à sa vieillesse, témoigné d'une prédilection marquée pour toutes les recherches qui le ramenaient à l'histoire de la Normandie. C'est ce que l'on constate dès que l'on jette les yeux sur la liste de ses travaux. On l'y devine prompt à saisir toutes les occasions, j'allais dire tous les prétextes qui s'offrent à lui pour revenir à sa chère Normandie. Ce ne fut pas seulement par le choix des sujets que se manifesta, chez

Delisle, cet amour persistant de la petite patrie. Si notre confrère se complut toujours à parler de la Normandie, il prit surtout plaisir à en parler entre Normands. Ceux-ci le trouvèrent toujours prêt à s'associer aux efforts qu'ils faisaient pour mieux éclairer le passé de leur race. On ne fonda point en Normandie de société savante qui ne l'ait vu, un jour ou l'autre, assister à quelqu'une de ses séances et dont il n'ait enrichi de quelque précieux mémoire le recueil qui paraissait plus ou moins régulièrement. Dans son désir de répandre le goût des études qu'il aimait, il alla même souvent jusqu'à donner de courtes notes à de modestes gazettes, qui n'avaient pas d'autres lecteurs que les habitants de la sous-préfecture où elles paraissaient. Tel ou tel de ces articles, ébauche sommaire d'un travail important, n'est plus connu que par la mention qui s'en est retrouvée dans les papiers de l'auteur. Ces feuilles régionales ont disparu, sans qu'il s'en soit conservé de collection dans les villes mêmes où elles s'imprimaient.

Tout en faisant ainsi acte d'érudit et d'écrivain alors qu'il était censé être encore sur les bancs, Delisle était arrivé au terme de ses études réglementaires. Le 15 janvier 1849, il présentait et soutenait sa thèse, pour l'obtention de son brevet de sortie. C'était dans l'histoire économique de la province qui lui était chère qu'il en avait trouvé le sujet. Elle avait pour titre : *Des revenus publics en Normandie au XIIe siècle*. L'examen fut brillant et le mémoire parut digne d'être inséré presque en entier dans la *Bibliothèque de l'École des Chartes*.

Le diplôme d'*archiviste paléographe,* que Delisle venait ainsi de conquérir, lui conférait certains droits éventuels.

3

Sa famille pouvait être ainsi rassurée sur son avenir.
A ceux qui seraient munis de ce diplôme, l'ordonnance
royale du 11 novembre 1829 assurait, par préférence à tous
autres candidats, la moitié des emplois vacants dans les
bibliothèques publiques, la Bibliothèque royale exceptée,
dans les Archives du royaume et dans les Archives
départementales. On aurait pu croire que le jeune
homme allait se hâter de réclamer en sa faveur l'exécution d'une de ses promesses ; mais il n'en fit rien. Occupé
comme il l'était d'un grand travail qu'il avait entrepris
pendant sa dernière année d'école, il n'était pas pressé
d'assumer des devoirs auxquels il devrait sacrifier une
partie du temps qu'il avait jusqu'alors consacré tout
entier à ses recherches personnelles.

Ce travail était intitulé : *Études sur la condition de la
classe agricole et l'état de l'agriculture en Normandie au
moyen âge*. L'auteur l'avait présenté à la *Société libre
d'agriculture, sciences, arts et belles-lettres de l'Eure* qui,
par un programme de concours, avait appelé l'attention
sur cet ordre de problèmes historiques. Sur la vue du
manuscrit, la Société en avait voté l'impression à ses
frais. C'était avec un étonnement qui allait jusqu'à l'admiration que les membres les plus compétents de cette compagnie, MM. Théodore Bonnin et Alphonse Chassant,
avaient reconnu, dans ce mémoire d'un jeune homme de
vingt-quatre ans, une œuvre qui en classait d'emblée
l'auteur parmi les maîtres de l'érudition française. Ce fut
aussi le sentiment de l'Académie des Inscriptions. En
1851, elle décernait à Delisle la plus haute des récompenses dont elle dispose, le premier prix Gobert. Ce

succès assurait au lauréat, pour quelque temps, une indépendance qui lui permettait de voir venir et de ne se décider qu'à bon escient pour le choix d'une carrière.

Cette même année, la proposition lui fut faite, par l'intermédiaire de M. Auguste Le Prevost, de prendre le poste d'archiviste du département de la Seine-Inférieure. Ce projet le séduisait fort. Cette nomination l'aurait fait vivre dans la province qui lui était chère et, pour avoir déjà exploré les archives normandes, il savait quelle mine à exploiter il trouverait dans le dépôt qui lui serait confié, combien de documents inédits il pourrait en extraire. « J'étais enchanté », raconte Delisle, « de la perspective qui s'ouvrait devant moi. Je ne voulus cependant pas accepter le poste qui m'était offert avant d'avoir consulté mon maître Guérard. Au premier mot de l'entretien, il me *défendit* de quitter Paris où, disait-il, ma place était marquée. Il ajoutait que je n'aurais pas à regretter d'avoir suivi son conseil... C'est ainsi qu'en 1851 je me trouvai rivé à Paris (1). »

Guérard fut vraiment bien inspiré quand il donna cet avis ou plutôt quand il intima cet ordre à son élève. Fixé en province par sa fonction, Delisle n'en aurait pas moins été un érudit de haute volée; mais ses travaux n'auraient certainement pas eu la variété, l'étendue et la portée qui en ont mis l'auteur hors rang. A Rouen ou à Caen, il n'aurait pas eu les mêmes ressources qu'à Paris, ni en livres, ni en documents originaux. Ce qui lui aurait aussi manqué, c'eût été ce stimulant du milieu

---

(1) *Souvenirs de jeunesse*, p. xv.

parisien dont bénéficient, à leur insu, ceux-mêmes qui, en raison de leur énergie native, paraissent avoir le moins besoin de cet aiguillon. Paris, avec ses divertissements et ses tentations, est dangereux pour les médiocres et les faibles. Il trempe les forts et rend leur génie plus fécond.

Guérard tenait à honneur de dégager la promesse qu'il avait faite à Delisle en le retenant presque malgré lui à Paris. En 1852, il devenait, à la Bibliothèque royale, conservateur du département des manuscrits. Aussitôt il voulut s'assurer là le concours de son élève, qui fut détaché, avec une situation des plus modestes, à cette Bibliothèque où il allait passer cinquante-cinq ans de sa vie. Dès le lendemain du jour où il avait pris possession de ses nouvelles fonctions, Guérard faisait venir son collaborateur et il lui exposait le plan des réformes dont il avait depuis longtemps conçu la pensée.

Dans le récit qu'il nous a laissé, Delisle rappelle ce qu'était alors l'état de cette partie des collections nationales. Il y avait là un désordre dont on a quelque peine à se faire une idée. Pendant et après la Révolution, il avait été versé au Cabinet des milliers de volumes, de parchemins et de papiers. Certains fonds, qui provenaient des abbayes ou des chartriers seigneuriaux, continuaient de former des ensembles qui se prêtaient aux recherches ; mais celles-ci étaient impossibles dans des amas de pièces diverses qui s'étaient entassées dans le dépôt sans que la provenance exacte en fût toujours connue. On n'avait même pas essayé de les classer. On ne pouvait rien tirer des pièces perdues dans ce fouillis ; mais ce n'était là que le moindre mal. Par le fait même qu'ils étaient imparfaitement enregistrés ou timbrés, ces documents couraient de grands risques. Rien ne les défendait contre les entreprises de ceux qui voudraient se les approprier soit pour en tirer argent, soit pour grossir leur collection privée. Ce fut là ce qui induisit en tentation quelques-uns mêmes de ceux que leur fonction appelait à veiller sur ces richesses et ce qui leur assura une longue impunité, jusqu'au jour où trois vaillants hommes, Bordier, Léon Lalanne et Bourquelot, prirent l'initiative de dénoncer des fuites qui ne s'expliquaient que par des vols.

Ces détournements, Guérard voulait les prévenir désormais par la rédaction d'un inventaire qui permettrait les récolements; mais il ne se dissimulait pas combien la tâche serait difficile, au point où les choses en étaient venues. Ce qu'il recommanda tout d'abord à son coadjuteur, ce fut d'étudier l'histoire de la collection, d'arriver à savoir comment elle s'était formée, quel était l'âge et quelle était l'origine de chacun des fonds et de chacun des groupes qui la composaient. Cette étude, Delisle s'y mit avec passion. De ces recherches qu'il avait entreprises d'abord par devoir professionnel, il tirera plus tard l'un des plus considérables et des plus estimés de ses ouvrages, son histoire du *Cabinet des manuscrits de la Bibliothèque nationale*.

En 1853, M. de Gerville mourait à quatre-vingt-quatre ans. Il avait eu la joie de voir démontrée par l'événement la sagesse du conseil qu'il avait autrefois donné à l'écolier incertain de sa voie. Delisle se hâta de lui payer sa dette. Il lui consacra, dans le *Journal de Valognes*, une notice où

il disait tout ce qu'il devait à l'affection éclairée de ce bon
et savant homme. Au mois de mars 1854, il faisait une
perte qu'il dut ressentir plus vivement encore. Son chef et
ami Guérard mourait dans la force de l'âge, alors que
l'on pouvait encore beaucoup attendre de sa vive et péné-
trante critique, pour les progrès de la science à laquelle
il s'était voué. Tout au moins l'œuvre qu'il avait entreprise à la Bibliothèque ne souffrit-elle pas de sa dispari-
tion. Il y eut pour successeur Natalis de Wailly. Celui-ci
était l'ami intime de Guérard, le confident de tous ses
projets, et, pendant les quinze années que dura son
règne, il ne cessa pas de s'appliquer à réaliser, avec le
concours empressé de Delisle, les réformes dont la pensée
avait été conçue par son prédécesseur. On se fit un devoir
de cataloguer, au moins sommairement, toutes les pièces
du dépôt. Toutes durent porter des cotes régulières, aussi
simples que possible et absolument immuables. On s'astreignit à respecter strictement les classements consacrés
par l'usage. Ceux que l'excès et l'irrégularité des interca-
lations avaient rendus défectueux ne furent pas remplacés
sans que fussent établies des concordances qui permissent
de passer sans hésitation de l'ancien numéro au nouveau.
Il y eut, enfin, de véritables fouilles à faire dans les mon-
ceaux de parchemins et de papiers qui remplissaient les
combles de la Bibliothèque et dont, faute de ressources,
le classement et la reliure étaient restés en souffrance.
Tout cela fut examiné, trié, mis en place.

Depuis 1744, le catalogue des manuscrits latins de
la Bibliothèque était arrêté au numéro 8822. Natalis de
Wailly et Léopold Delisle ajoutèrent à ce vieux fonds

près de 10 000 numéros, en faisant entrer successivement dans le fonds latin, avec une numérotation consécutive, les trois mille volumes du *Supplément latin* (n⁰ˢ 8823-11503), les *Manuscrits de Saint-Germain-des-Prés* (11504-14231), ceux de *Saint-Victor*, de la *Sorbonne*, de *Notre-Dame* et des *Petits fonds* (14232-18613). Avec une célérité incroyable et une louable concision, Delisle rédigea de ces manuscrits un excellent catalogue, qui fut publié par tranches dans la *Bibliothèque de l'École des Chartes* (1863-1870) et qui forme aujourd'hui un instrument de travail dont nul érudit ne peut se passer. En même temps qu'il poursuivait ce travail, il dressait encore plusieurs catalogues particls qui ne furent jamais imprimés, mais dont il est fait journellement usage au Cabinet des manuscrits.

Ces indications sommaires ne donnent qu'une faible idée des services que Delisle commença ainsi de rendre à la Bibliothèque, dès le lendemain du jour où, en acceptant d'y entrer comme employé, il eut mis à ses ordres sa prodigieuse activité. Si le profit fut grand pour la Bibliothèque, le savant qu'était Delisle se trouva bien, lui aussi, d'avoir pris cette situation. Celle-ci eut pour effet de développer son esprit et d'élargir son horizon. Presque tous ses travaux, jusqu'alors, avaient porté sur l'histoire de la Normandie. Son attachement à sa petite patrie aurait risqué, à la longue, de lui donner les allures d'un savant de province. Dans le riche dépôt central où, jour après jour, il faisait le compte des pièces confiées à sa garde, c'était toute l'histoire de France qui passait devant ses yeux, représentée par des documents des provenances les plus diverses. Tout lui rappelait là l'œuvre de nos

rois qui, presque tous, avaient travaillé, avec plus ou
moins de talent et de succès, à créer l'unité de la
France et dont plusieurs, amateurs passionnés des
beaux livres et protecteurs des écrivains contemporains,
avaient concouru aux progrès de la langue et des lettres
françaises.

C'est ainsi qu'il fut amené à publier, dès 1856, le
Catalogue des actes de Philippe-Auguste et qu'il commença
de réunir les notes d'où il devait tirer cette histoire du
Cabinet des manuscrits de la Bibliothèque qui resta toujours
pour lui une étude de prédilection. Ce dernier ouvrage,
c'est l'histoire du livre en France, pour toute la période
antérieure à l'invention de l'imprimerie. Delisle remonte
jusqu'à ces Bibles de Charlemagne et de Charles le
Chauve que nous possédons encore. Il décrit le psautier
de saint Louis et de la reine Ingeburge. Au cours du
haut moyen âge, c'étaient surtout des copies des textes
sacrés que les rois demandaient au scribe et à l'enlumineur ; mais, au XIVᵉ siècle, quand Charles V eut amé-
nagé l'une des tours du Louvre pour y installer la « Librairie du Roi », il n'en est déjà plus de même. Dans le
millier de volumes dont la garde était confiée à Gilles
Malet, un lointain prédécesseur de Delisle, comme aussi
parmi ceux que renfermaient les châteaux du duc Jean de
Berry, le plus passionné bibliophile du temps, il y a bien
encore, en nombre, des Bibles et des livres d'Heures,
richement illustrés ; mais, à côté de ceux-ci, dans l'inventaire que Malet nous a laissé, on voit paraître les titres
de maints ouvrages d'un tout autre caractère. Ce sont
des traductions françaises d'auteurs grecs et latins, des

romans, des chroniques, des histoires, des livres de droit, des traités techniques, des compilations qui veulent être des encyclopédies. A parcourir ces listes, on sent là le vif mouvement d'un esprit qui se préoccupe de l'antiquité classique à découvrir et de la science à ébaucher. On croit voir se lever, dans la France du Nord, l'aube d'une première Renaissance, timide encore et incertaine de sa voie, mais où la curiosité est déjà assez éveillée et tournée vers des objets assez variés pour qu'il n'y ait plus à craindre qu'elle s'engourdisse et se rendorme jamais.

Delisle, pendant les quelques années qui suivirent son entrée à la Bibliothèque, sans jamais cesser d'employer toutes ses journées à classer les manuscrits du Cabinet, avait trouvé moyen d'achever l'un des grands ouvrages qui devaient lui faire le plus d'honneur et d'en préparer un autre qui n'aurait pas moins d'importance. En même temps, il donnait, dans divers recueils, force notes instructives sur des questions de détail et même des mémoires dont plusieurs étaient d'un haut intérêt. On avait déjà pu voir à l'œuvre et apprécier à ses fruits une puissance de travail qui, tout laborieux que fussent d'autres érudits contemporains, défiait toute comparaison. Pour payer à son prix un si bel effort, ce n'était vraiment pas assez que l'estime des savants et les récompenses dont disposent les Académies. Il était juste que le bonheur entrât dans cette vie jusqu'alors consacrée tout entière à l'étude, le bonheur d'une de ces affections conjugales où les années qui passent, loin de détendre les liens qui se sont formés dans la jeunesse, les resserrent chaque jour plus étroitement, à mesure que l'on s'est attaché l'un à l'autre par plus de services rendus et de mutuels sacrifices.

Comment fut ménagée la rencontre qui devait assurer à l'infatigable savant les joies et les tendresses du foyer tout en facilitant son labeur, Delisle l'a dit lui-même, dans un récit d'une simplicité charmante, que l'on ne peut reproduire sans partager l'émotion que l'on y sent vibrer dans chacun des mots de l'hommage que le vieillard, en 1907, rendait à celle que la mort lui avait enlevée depuis deux ans :

« Natalis de Wailly s'entendit avec son collègue, confrère et ami Charles Lenormant pour me présenter à Mme Eugène Burnouf ; ils voulurent bien lui garantir que je pourrais être aussi bon mari que bon bibliothécaire. Cette femme, aussi vaillante que distinguée, qui porta si noblement le nom de notre grand indianiste, daigna se laisser convaincre, et ne tarda pas à me faire agréer par sa fille aînée, Laure Burnouf. Alors commença pour moi une vie de bonheur, qui devait se prolonger pendant quarante-sept ans.

« La compagne qui s'était donnée à moi de si bonne grâce avait été élevée dans les cabinets de son grand-père et de son père. Le grand-père se vantait d'avoir formé une élève qui, au bout de peu d'années, faisait convenablement les mêmes versions latines que les rhétoriciens de Charlemagne et qui, n'admirant pas seulement de confiance le génie de son père, entrevoyait les difficultés de la tâche qu'il s'était donnée et l'importance des résultats auxquels il devait parvenir, au cours d'une carrière si prématurément interrompue. Son rêve de jeune fille aurait été de s'unir à un orientaliste ; mais elle voulut bien me

trouver un double mérite : j'étais né à côté du berceau de
la famille des Burnouf et je sortais de l'École des Chartes
dont Eugène Burnouf fut un des premiers et des plus
brillants élèves.

« Ma femme eut donc un double motif d'aimer l'École
des Chartes et de s'intéresser aux travaux dont on s'y
occupait. Elle ne s'en cachait point, non plus qu'elle ne
dissimula jamais le plaisir qu'elle prenait à admirer les
peintures des manuscrits du moyen âge. Elle en appréciait
d'autant plus le mérite qu'elle-même avait pratiqué, avec
un certain succès, l'art de la miniature. On ne doit pas
s'étonner qu'elle se soit laissé séduire par la paléographie.
En peu de temps, elle acquit, dans un genre d'études
nouveau pour elle, assez d'expérience pour déchiffrer
couramment les écritures du moyen âge et même pour
en apprécier les dates. Elle éprouvait un vrai plaisir à
copier les chartes, s'effarouchant parfois d'une latinité
quelque peu différente de celle que son grand-père lui
avait apprise. Que de pièces m'a-t-elle très exactement
transcrites en jolis caractères !... Que de collations avons-
nous faites ensemble ! Elle partageait tous mes goûts,
s'associait à tous mes travaux, à toutes mes occupations ;
elle voulut n'être étrangère à aucune des questions que
j'étais amené à examiner. Sa modestie était telle qu'elle
n'a jamais voulu que l'on pût soupçonner la part qui lui
revenait dans mes publications. Que de mémoires elle a
lus et analysés, la plume à la main, que de livres elle a
parcourus, que de traductions elle m'a faites, que de lettres elle a écrites pour moi, que de fautes, et pas seulement des fautes typographiques, elle m'a épargnées, en

revoyant mes épreuves qu'elle n'a jamais voulu laisser partir pour l'imprimerie sans les avoir relues! Comme je jouissais du malin plaisir qu'elle éprouvait en me montrant des coquilles que j'avais laissées passer et qui auraient dû me crever les yeux (1)! »

Lorsque, pendant les veillées, Mme Delisle n'était pas occupée à ces copies de textes et à ces corrections d'épreuves, elle tenait compagnie à son mari en maniant l'aiguille et piquant le canevas. C'était une ouvrière d'une adresse et d'un goût merveilleux. Dans le salon de la veuve d'un de nos confrères, j'ai vu des meubles dont l'enveloppe était son ouvrage. Dessin et couleurs, tout donnait là l'impression de vieilles tapisseries, qui auraient fait honneur aux plus illustres fabriques ; mais ce n'était là qu'une manière de passer le temps, pendant ces soirées que, jeune fille, elle occupait plus gaiement. « Ma femme », me dit une fois Delisle, « aurait aimé le monde et le théâtre. Quand notre mariage fut décidé, elle me demanda comment, dans l'intérêt de mes travaux, je comptais arranger ma vie. Je le lui expliquai. Elle accepta mon programme et, dès le lendemain de nos noces, elle renonça, sans en avoir jamais témoigné aucun regret, à des plaisirs qu'elle aurait vivement goûtés. »

Ce qui n'est guère moins touchant que cette abnégation, c'est la discrétion obstinée avec laquelle cette femme admirable s'appliqua toujours à laisser ignorer quelle aide efficace elle prêtait au savant dont elle portait le nom. Un de nos confrères me racontait que, travaillant

---

(1) *Souvenirs de jeunesse*, p. XXII-XXIII.

depuis des années auprès de Delisle et vivant dans l'intimité du couple, il ne soupçonnait pas que Mme Delisle sût
le latin. Ce fut par hasard qu'il l'apprit. Un jour il montrait à Delisle une inscription latine qu'il avait transcrite
à Clermont, dans l'église Notre-Dame-du-Port. Mme Delisle était présente. Elle se souvint d'avoir, peu de temps
auparavant, visité cette église avec son mari et il lui
échappa d'ouvrir un carnet qu'elle avait sous la main et
de montrer à M. Delisle la copie qu'elle avait prise de
l'épitaphe. A la manière dont elle avait comblé la lacune
du texte en suppléant les lettres manquantes, M. de
Lasteyrie devina qu'elle n'était guère moins forte que lui
en latin.

C'est le 10 juin 1857 que Léopold Delisle épousa Laure
Burnouf. Six mois après, le 11 décembre 1857, le jeune
marié de trente et un ans était élu membre de cette Académie des Inscriptions qui avait distingué un de ses premiers essais et qui lui avait ensuite attribué, à deux reprises,
le prix Gobert. Personne, parmi les juges compétents, ne
s'étonna qu'il eût obtenu si tôt un honneur auquel, aujour-
d'hui, beaucoup de savants éminents n'aspirent que lorsqu'ils ont de beaucoup dépassé cet âge. Dans la voie où
il s'était engagé, Delisle avait doublé les étapes. C'est
que, comme il le fait observer lui-même dans ses *Souvenirs de jeunesse,* la concurrence était alors moins active,
autour de nous, qu'elle ne l'est maintenant. L'École des
Chartes était, vers le milieu du dernier siècle, la seule
école qui fût une pépinière d'érudits. L'École normale
formait plutôt des professeurs, des critiques et des let-
trés que des savants. Par l'étude de l'antiquité comme

par celle des classiques français, elle donnait à ses élèves
une culture générale dont elle avait comme le monopole.
Elle leur enseignait à composer avec art et à écrire une
bonne langue ; mais, pour orienter vers les recherches
scientifiques ceux des jeunes gens dont la curiosité serait
le plus éveillée, elle n'avait pas encore ses succursales
lointaines de Grèce et d'Italie. Les écoles françaises
d'Athènes et de Rome n'existaient pas, ces écoles d'où
sont sortis tant de philologues, d'archéologues et d'épigra-
phistes, tant de géographes, d'historiens des institutions
et des mœurs. Dès cette époque, il n'y avait guère d'étude
intéressante qui ne fût représentée, dans le milieu où se
recrutait l'Académie ; mais, parmi ces travailleurs, candidats éventuels à un fauteuil académique, on rencontrait
nombre de ces autodidactes auxquels a manqué l'éducation première, celle qui plie l'intelligence à la sévérité de
la méthode et qui l'astreint à s'abstenir des hypothèses
fantaisistes, à choisir et à élaguer, à bien poser les questions et à savoir conclure. Il y avait là du décousu, des
forces perdues. Les œuvres vraiment mises au point
étaient rares. Elles classaient très vite leur auteur et le
plaçaient hors rang.

A l'Académie qui lui avait accordé ainsi un tour de
faveur, Delisle témoigna sa gratitude en s'associant, avec
un zèle qui ne se relâchait jamais, à tous ses travaux. On
s'était habitué bien vite à le nommer de toutes les commissions où devait trouver son emploi la connaissance
profonde qu'il avait de l'histoire du moyen âge français.
Si le règlement ne lui permettait pas d'être toujours l'un
des juges qui décernaient le *prix Gobert*, c'était tous les

deux ans qu'un suffrage unanime l'appelait à exercer
cette fonction. Dans la Commission du concours des
Antiquités nationales, sa place était marquée à perpétuité;
c'étaient, le plus souvent, ses rapports qui décidaient
de l'attribution des médailles; mais, où son concours
fut encore plus précieux, ce fut dans la part très active
qu'il prit à l'effort par lequel notre Compagnie s'attache à
continuer l'œuvre de l'ancienne Académie et celle de la
Congrégation de Saint-Maur. Dès qu'une place avait été
vacante dans la commission, il avait été appelé à être
l'un des rédacteurs de cette *Histoire littéraire de la France*
qui est un des legs des Bénédictins du XVIIIᵉ siècle. Aux
cinq derniers volumes de ce recueil, il a fourni des notices
qui font autorité. Les autres recueils que publie l'Académie n'ont pas moins largement profité de sa collabo-
ration. Trois volumes du *Recueil des historiens des Gaules et
de la France* sont en partie ou en entier de sa main. Son
dernier ouvrage, qu'il a laissé inachevé, devait entrer dans
cette collection des *Diplômes* dont il n'a jamais cessé de
pousser et de surveiller la continuation. Sa signature, on
la retrouvera aussi partout dans les *Mémoires de l'Académie* comme dans les *Notices et extraits des manuscrits.*

Nous sommes tous très tendrement attachés à la Compagnie qui nous a admis à bénéficier de son prestige
séculaire et à goûter la douceur de cette confraternité
académique, dont le charme devient de plus en plus vif à
mesure que l'on en jouit depuis de plus longues années;
mais je ne crois pas que nous ayons jamais eu un confrère
qui se soit dévoué aussi entièrement à l'Académie que l'a
fait Delisle, qui lui ait autant donné de ses pensées et de

son temps, qui ait autant tenu à lui faire honneur des plus importants et des plus mémorables de ses travaux.

III

Ce que devait être Delisle comme académicien, on l'avait compris et deviné, dès la première heure, à l'Académie. Il y conquit très vite une influence et une autorité qui défièrent toute concurrence; mais, dans la carrière administrative et particulièrement dans le service des bibliothèques, on n'avance guère qu'à l'ancienneté, pendant toute la période des débuts. Là, on n'est pas porté d'emblée à son rang par la seule force ascensionnelle de son mérite; qui que l'on soit, on doit commencer par gravir un à un tous les degrés de l'échelle. Quand Delisle devint membre de l'Institut, à la Bibliothèque il n'était encore qu'employé de première classe. Le titre de *bibliothécaire*, il ne l'obtint qu'en 1866.

En 1870, quelques mois avant la guerre, Natalis de Wailly, fatigué par l'âge, demandait sa mise à la retraite. Quand il eut quitté la Bibliothèque, on ne se pressa point, je ne sais pourquoi, de lui donner le successeur qui semblait tout désigné pour cette fonction par les peines qu'il avait prises pour mettre de l'ordre dans le dépôt.

Lorsque commença le siège de Paris, Delisle était donc en fait, sinon en droit, chargé de la garde du trésor auquel il avait donné tant de soins. Or, il ne pouvait se défendre d'éprouver de vives inquiétudes en songeant aux dangers qui menaçaient le Cabinet. Il se demandait si, le jour où l'ennemi entrerait dans Paris, il ne prétendrait pas toucher à nos musées et à nos collections nationales. Il craignait aussi les effets de ces agitations révolutionnaires que de fâcheux symptômes avaient annoncées, dès les premiers jours du blocus. Ce fut sans doute le sentiment de la responsabilité qui pesait sur lui qui décida Delisle à écrire en novembre au ministre de l'Instruction publique une lettre dont j'ai le brouillon sous les yeux (1). Il y faisait valoir avec discrétion, mais sans fausse modestie, les titres qu'il croyait avoir à remplacer Natalis de Wailly, comme conservateur du département des manuscrits. Jules Simon ne tarda pas à répondre à son confrère, dont il connaissait, disait-il, et appréciait les titres; mais il déclarait avoir pris le parti d'ajourner jusqu'à la fin du siège toute nomination de ce genre.

Delisle resta donc, sans investiture officielle, à la tête du département. Au mois de janvier, quand commença le bombardement, alors que l'on ne savait pas encore jusqu'où porteraient les obus prussiens, il fit descendre les collections dans les caves. Après l'armistice, il s'occupait à faire remettre les manuscrits en place, lorsque les vraies difficultés commencèrent, du jour où la Commune insurrectionnelle fut maîtresse de Paris. Le nouveau gouvernement se préoccupa de la Bibliothèque, voulut, comme il le disait dans un arrêté qui parut au *Journal officiel* du 6 avril 1871, « Veiller sur cette propriété nationale ». A

---

(1) C'est à l'obligeance de mon savant confrère, M. Omont, que je dois d'avoir pu retracer avec quelque détail cet épisode peu connu de la vie de Léopold Delisle, de ce que l'on peut appeler sa vie militante. Il a bien voulu me communiquer à ce sujet des notes et des pièces qui sont conservées au Cabinet des manuscrits.

5

cet effet, il remplaçait l'administrateur général, M. Taschereau, qui était parti pour Versailles, par le citoyen
Jules Vincent. Entre le commissaire de la Commune et les
chefs et employés des quatre départements, il fut conclu
une sorte de convention, où les signatures de ces fonctionnaires figurent en regard de la griffe du citoyen Vincent.
Delisle signa seul pour le département des manuscrits.
Cette convention autorisait les fonctionnaires et employés
de la Bibliothèque nationale « à prendre, avec le concours de M. Jules Vincent, délégué à cet effet, toutes les
mesures propres à sauvegarder l'intégrité des collections
qui leur sont confiées, sans qu'il soit porté d'ailleurs
aucune atteinte aux règlements actuels de l'établissement ».
Un second article invitait ces fonctionnaires « à se renfermer dans les strictes limites de leur rôle de gardiens
des collections qui appartiennent à la nation ». Le citoyen
Vincent paraît d'ailleurs avoir été assez bon prince et
n'avoir pas abusé des pleins pouvoirs qui lui étaient con-
fiés. Le mois d'avril se passa sans incidents. La Bibliothèque était ouverte aux heures réglementaires. Il y avait
foule aux imprimés, dans la salle de lecture. On était
tranquille aux manuscrits et l'on y achevait les range-
ments.

Les choses se gâtèrent au commencement de mai, quand,
dans l'émoi de la défaite prochaine, les esprits s'exaspé-
rèrent et que le régime inauguré par les révoltés n'eut
même plus l'apparence d'un gouvernement. Ce qu'était
devenu le citoyen Vincent, je ne sais ; mais, le 11 mai,
Élie Reclus, accompagné d'un certain Guigard, un employé au département des imprimés, monta, au Cabinet

des manuscrits, et signifia de vive voix à Delisle qu'il nommait Anyss el Bittar employé au département des manuscrits. En conséquence, le conservateur devrait mettre à la disposition du nouveau venu les dépôts et réserves qui renfermaient les manuscrits arabes sur lesquels celui-ci rédigerait un rapport. D'où venait cet inconnu dont le nom se trouve si étrangement mêlé à l'histoire de notre grande Bibliothèque? Nous l'ignorons. Ce devait être un de ces aventuriers que l'espérance de pêcher en eau trouble avait attirés de toutes parts dans le Paris de la Commune.

Sans perdre son temps à s'enquérir des titres scientifiques du personnage, Delisle se déclara prêt à communiquer à Anyss el Bittar tous les volumes que celui-ci lui désignerait sur les catalogues; mais il ne pouvait, ajouta-t-il, laisser pénétrer dans les dépôts un employé nommé contrairement à tous les règlements. Sur cette réponse, Reclus, toujours de vive voix, prononça la révocation de Delisle. Dès qu'il fut parti, Delisle convoqua tous ses collègues des autres départements et protesta devant eux « contre des actes qui étaient la violation de tous les règlements auxquels la Bibliothèque nationale avait été soumise depuis soixante-quinze ans et qui mettaient en péril les collections confiées à la garde des conservateurs ». Dès le soir, il adressait au ministre, sur cet incident, un rapport qu'il faisait parvenir à Versailles. « Je reste à mon poste », disait-il à la fin de ce rapport, « résolu à ne céder qu'à la violence. » C'est ce qu'il fit, après avoir lu dans le *Journal officiel* du 12 mai cet arrêté : « Le sieur Delisle (Léopold) est révoqué de ses fonctions à la Bibliothèque nationale. »

Pendant les jours qui suivirent, les chefs de la Commune eurent d'autres soucis que d'assurer l'exécution de l'arrêté qui livrait nos manuscrits orientaux à cet arabisant de contrebande. L'armée de Versailles avait forcé l'enceinte le dimanche 21 mai. Elle avançait, heure par heure, dans Paris. La Bibliothèque fut fermée le 22 mai, et le drapeau rouge amené le mardi 23 à cinq heures du soir. Le lendemain, dès six heures du matin, le drapeau tricolore flottait à nouveau sur les bâtiments. Ce jour-là, quelques obus lancés du Père-Lachaise par les derniers défenseurs de la Commune tombèrent sur la Bibliothèque. Un d'eux traversa de part en part la salle du Cabinet des manuscrits où étaient les premiers numéros du fonds français; il n'y causa aucun dommage.

Delisle s'était conduit, à la Bibliothèque, comme le faisait aux Archives, dans la même crise, son confrère Alfred Maury. Il avait montré le même courage calme, la même intrépidité à défendre le trésor dont il avait la charge. A sa révocation par la Commune répondit, dès le lendemain, un décret signé par M. Thiers, qui fut inséré au *Journal officiel de la République française*. Léopold Delisle, bibliothécaire au département des manuscrits, était nommé *conservateur sous-directeur au même département*.

Devenu ainsi le maître de la maison, il y poursuivait, avec une ardeur qui paraissait toujours s'accroître, l'exécution du programme qu'il s'était tracé jadis, sous l'inspiration de Guérard et de Natalis de Wailly. Il s'occupait à dresser des répertoires dont il n'a pu achever la publication. C'est en 1876 et en 1878 qu'il imprimera les deux premiers volumes de son *Inventaire général et méthodique des manuscrits français* (théologie, jurisprudence, sciences et arts). On regrette qu'il n'ait pas continué cet ouvrage qui, tel qu'il est, rend déjà tant de services. Au même ordre de travaux se rattachent les *Mélanges de paléographie et de bibliographie,* les *catalogues des manuscrits de Cluni,* des *collections Libri et Barrois.* On peut encore citer, au même titre, la *Notice sur les manuscrits de Bernard Gui,* qui contient tant de documents précieux pour l'histoire de l'inquisition.

Delisle venait encore de publier, en 1874, le second volume de son *Cabinet des manuscrits;* il avait donné des preuves trop éclatantes de son dévouement à la Bibliothèque et de sa maîtrise reconnue par toute l'Europe savante pour que sa nomination ne s'imposât pas, lorsque l'administrateur général, Taschereau, prit sa retraite. Cette haute fonction lui fut confiée par un décret du président de la République en date du 14 septembre 1874. Le Cabinet des manuscrits restait sous la surveillance du chef qui y avait tout classé, tout estampillé, tout catalogué. Ses successeurs n'auraient pas de peine à s'y conformer aux règles qu'il y avait établies. Quant à lui, s'il s'en occupait encore, ce serait pour enrichir le dépôt par de nouvelles acquisitions et surtout pour s'appliquer à y faire rentrer les pièces qui en avaient été indûment détournées; mais la situation qu'il avait acceptée lui imposait de nouveaux et plus lourds devoirs. La grande tâche qu'il avait entreprise et accomplie pour près de cent mille manuscrits, il fallait la recommencer pour un million et demi de volumes et de brochures, au département des imprimés. Il y avait à mettre de l'ordre dans un chaos.

En 1874, les livres imprimés que possédait la Bibliothèque se partageaient en deux catégories. L'une de ces
divisions, la moins considérable, comprenait ce qui avait
été classé et catalogué au XVIII⁰ siècle. Dans l'autre, on
confondait, sous la rubrique du *non porté*, tout ce qui était
entré depuis lors dans les magasins. Pour découvrir,
sur la requête d'un lecteur, un livre qui appartenait au
non porté, on ne pouvait compter que sur quelques inven-
taires partiels et inexacts, ainsi que sur la patience et la
mémoire de quelques vieux employés dont l'œil s'était
familiarisé, à la longue, avec le contenu des rayons. Souvent ce n'était qu'au bout d'une heure et plus que l'on
obtenait le livre demandé, quand, pour s'épargner de
plus longues recherches, on ne venait pas vous répondre,
pour en finir, que l'ouvrage en question n'existait pas à la
Bibliothèque. Cet état de choses provoquait des plaintes
d'autant plus vives que souvent ceux qui se voyaient ainsi
éconduits avaient fréquenté la salle de lecture du Musée
Britannique, où le service avait été si merveilleusement
organisé par l'intelligent despote que fut Panizzi.

Delisle se jura de faire cesser cette confusion. Il obtint
du Parlement un crédit annuel de cent mille francs, pour
la confection du catalogue, à laquelle il employa une
nombreuse équipe d'auxiliaires payés à la journée. Il leur
distribua le travail. Il fit inventorier et numéroter par eux,
article par article, tous les volumes qui formaient cette
masse inorganique du non classé. Une fiche par nom
d'auteur fut établie pour chaque ouvrage. En même temps
que l'on liquidait ainsi tout l'arriéré, on adoptait, pour
les acquisitions nouvelles, le procédé qui était en usage

à Londres. Tous les livres qui entrent au dépôt sont rangés,
à la file, par section, dans l'ordre de leur arrivée, après
qu'a été dressée la fiche sur laquelle est portée, avec la
transcription du titre, l'indication du rayon où est placé le
volume. Maintenant, à une demande, on peut répondre
sans hésitation : « Nous avons ou nous n'avons pas tel
livre. » Si la Bibliothèque possède l'ouvrage désiré, celui-ci
peut, dans ces conditions, être remis très vite à qui sou-
haite le consulter.

Ces réformes excellentes, Delisle en exposait le plan
dans le rapport que, bientôt après son entrée en fonctions, il adressait au ministre sous ce titre : *La Bibliothèque nationale en 1875*. Vingt ans après, toutes ces promesses de la première heure étaient tenues, de la première
à la dernière. Si l'on pouvait entrer ici dans le détail, il
y aurait encore lieu de signaler la numérotation nouvelle
des *Vélins*, le classement méthodique de la *Réserve*. Là
Delisle avait pris pour lui une part du travail. Il publiait
un répertoire des *Vélins ;* les fiches de six sections du
catalogue de la *Réserve* sont écrites de sa main.

Quand il se sentit ainsi l'arbitre des destinées de la
bibliothèque, Delisle aurait cru ne pas remplir tout son
devoir, s'il s'était contenté de conserver avec soin et de
ranger dans un meilleur ordre les pièces du trésor dont
il était le gardien, ou même d'y faire, à prix d'argent,
quelques additions judicieuses. Une autre pensée était
depuis longtemps entrée dans son esprit. Une autre passion le possédait. Au cours des recherches qu'il avait
entreprises sur la composition et l'histoire du Cabinet
des manuscrits, il avait bien vite reconnu que, pendant le

cours du siècle qui avait précédé son entrée en fonctions,
les collections nationales avaient subi des pertes importantes. Les plus graves, les plus regrettables s'expliquaient par toute une suite de vols qui avaient été commis surtout vers le milieu du dernier siècle. Les voleurs
avaient été soit des employés de la Bibliothèque, soit
des personnes à qui, en raison de leur haute situation
sociale, on avait imprudemment ouvert les dépôts publics de Paris et de la province, les *réserves* les plus
secrètes.

Delisle se jura de ramener au bercail le plus grand
nombre de ces brebis égarées et, du moment où il entrait
dans la voie des revendications, il prit en main non seulement les intérêts de la bibliothèque parisienne, mais
aussi ceux des autres bibliothèques françaises qui avaient
également souffert de ce pillage. Nous ne saurions le
suivre dans tous les incidents des campagnes qu'il entre-
prit pour reconquérir tout ce butin. Il y fut vraiment
étonnant d'obstination et de souplesse, d'habileté manœu-
vrière. On ne sait ce que l'on doit admirer le plus dans
les qualités qu'il déploya au cours de ces enquêtes et de
ces négociations. Est-ce la sûreté de mémoire et la saga-
cité dont il fit preuve lorsque, travaillant, en 1877, dans
la bibliothèque de Lyon, il reconnut, dans un manuscrit
dépourvu de reliure et tout délabré, un fragment du
Pentateuque à trois colonnes, en onciale, dont le vieux
comte d'Ashburnham, un collectionneur célèbre, avait
publié une partie en 1868, avec un fac-similé? Est-ce
l'adroite insistance avec laquelle il sut démontrer au jeune
lord Ashburnham, héritier de la collection paternelle,

que les feuillets de ce Pentateuque, qui étaient conservés
en Angleterre, avaient été volés à Lyon, volés par Libri,
démonstration qui fut si péremptoire que le propriétaire
de cette portion du manuscrit se crut obligé d'honneur à
en opérer la restitution (1880)? Est-ce enfin la savante
stratégie par laquelle, un peu plus tard, il réussit, malgré
bien des difficultés, à assurer le retour en France des
cent soixante-six manuscrits des fonds Libri et Barrois
que renfermait la bibliothèque Ashburnham, qui venait
d'être mise en vente? Il s'arrangea pour faire en quelque
sorte le vide autour de lord Ashburnham. Par les preuves
qu'il fournissait de l'origine frauduleuse des manuscrits
en question et par le respect qu'il inspirait, il exerça une
telle pression morale sur les bibliothécaires et les biblio-
philes du monde entier que personne ne voulait plus
toucher au bien volé.

Les choses en étaient là quand une ingénieuse combinaison, suggérée par Delisle, vint enfin permettre d'obtenir le résultat si ardemment désiré. Un libraire allemand,
Truebner, acquérait de lord Ashburnham les manuscrits
objets du litige et il les rétrocédait à la Bibliothèque
contre la cession que celle-ci lui faisait d'un manuscrit
qui avait beaucoup plus d'intérêt pour l'Allemagne
que pour la France. La Bibliothèque avait de plus
à donner une soulte de cent cinquante mille francs. Cette
somme, Delisle se la procurait en aliénant le capital
d'une rente qui appartenait à la Bibliothèque. Les manuscrits détournés rentrèrent donc à Paris. En avril 1888,
Delisle avait la joie de pouvoir exposer, dans la salle du
Parnasse français, à la Bibliothèque, les plus remar-

6

quables des volumes ainsi reconquis sur l'étranger (1).

A ce brillant succès, Delisle gagna de voir s'accroître encore le prestige et l'autorité que lui reconnaissait la déférence de l'opinion publique. Cette influence, il n'en usa que pour mieux servir les intérêts de la Bibliothèque. Ce fut ainsi qu'il fit porter de 150000 à 230000 francs le crédit destiné à supporter les frais des acquisitions et des reliures, puis qu'il obtint le vote de la loi qui consacrait une somme de trois millions sept cent mille francs à l'isolement et à l'agrandissement de la Bibliothèque nationale. Il releva les traitements du personnel. Il prolongea la durée des séances dans les salles de travail et de lecture du département des imprimés et il organisa la surveillance de nuit dans tous les quartiers de l'établissement.

En même temps, la confiance et l'estime qu'il inspirait provoquèrent des legs et des dons qui contribuèrent fort à enrichir nos collections nationales. Pour suggérer quelque idée de ce que la Bibliothèque dut à ces libéralités, il suffit de rappeler les legs du baron Davillier, de l'américaniste Angrand, de Ristelhueber, le collectionneur d'*Alsatica*, le don des manuscrits du duc de la Trémoïlle, celui des papiers d'Eugène Burnouf et des manuscrits d'Auguste Prost, les actes qui firent entrer dans le dépôt de la rue de Richelieu les correspondances et manuscrits de Lamartine, Victor Hugo, Thiers, et Ernest Renan.

Après de si longs services, après des services si écla-

---

(1) Nous n'avons pu qu'indiquer ici les grandes lignes et les résultats. Pour se rendre compte des opérations de cette campagne diplomatique; il faut lire la belle introduction que Delisle a placée en tête de son *Catalogue des fonds Libri et Barrois à la Bibliothèque nationale* (1888).

tants, Delisle était de ceux qui pouvaient paraître n'avoir
rien à redouter des caprices de ministres éphémères et
des jeux de la politique. Sa tête était toujours aussi
lucide, aussi capable d'une attention soutenue, douée
d'une aussi prodigieuse mémoire. Il allait avoir quatre-
vingts ans ; mais jamais l'activité du savant n'avait été
plus féconde et jamais le bibliothécaire n'avait paru être
mieux à la hauteur de sa tâche qui s'était encore compli-
quée dans ces derniers temps.

Il n'était donc personne, en France et en Europe, dans
tous les milieux où Delisle était vénéré comme l'incarna-
tion du parfait bibliothécaire, qui ne crût Delisle assuré
de demeurer à la Bibliothèque tant que ses forces le lui
permettraient; il avait trop le sentiment du devoir pour
que l'on pût craindre de le voir garder, par intérêt, une
fonction où il ne serait plus égal à lui-même. On se le
figurait parfois mourant à son poste, comme un amiral à
son bord un jour de bataille, et arrêtant ses derniers
regards, comme sur des visages amis, sur les aspects fami-
liers de la noble maison où son âme avait élu domicile.
Les anciens auraient dit que Delisle était le *genius loci*,
une sorte de dieu lare qui, partout présent dans les
salles de l'édifice dont il habitait les profondeurs, veillait,
sans jamais laisser ses yeux se fermer, sur ces manuscrits
et ces livres auxquels son âme s'était attachée aussi for-
tement que le cœur d'un père s'attache aux enfants de sa
chair.

La surprise fut donc très vive, une surprise qui, chez
les plus fidèles disciples du maître, allait jusqu'à l'indi-
gnation, lorsque l'on apprit qu'un décret, en date du

17 février 1905, imposait à Delisle une retraite qu'il
n'avait pas demandée. Aucune raison n'était alléguée pour
justifier cette mesure, qui s'expliqua bientôt d'elle-même.
Dans une combinaison ministérielle qui se préparait, on
avait décidé de créer, pour un député, un sous-secréta-
riat d'État; mais, afin de l'en investir, il fallait trouver une
place pour l'homme de mérite qui, depuis deux ans, avait,
rue de Valois, comme directeur des Beaux-Arts, fait
preuve de beaucoup de compétence et de goût. Cette
place, on se la procurait en retirant à Delisle l'administration de cette Bibliothèque à laquelle, comme il le dit
lui-même, « il avait conscience de s'être dévoué sans
réserve, pour remplir à la fois ses devoirs de bibliothécaire et ceux d'académicien ».

Au chagrin de quitter ces lieux aimés vint alors s'ajouter,
pour Delisle, la plus cruelle douleur qui pût l'atteindre.
La santé de Mme Delisle s'était gravement altérée depuis
plusieurs mois. Ce fut peut-être cette sorte de destitution
qui porta le dernier coup à la malade. Elle mourait le
11 mars 1905, le jour même où les deux époux avaient
résolu de quitter leur appartement de la rue Neuve-des-
Petits-Champs pour celui qu'ils avaient loué rue de Lille.
Notre confrère dut donc partir seul. En s'éloignant, il
laissait comme cadeau, à la Bibliothèque, trente mille
volumes et brochures qui composaient sa bibliothèque
privée.

La douleur profonde que Delisle avait éprouvée lorsqu'il avait perdu sa fidèle compagne l'avait rendu comme
indifférent à l'ennui d'avoir à changer de demeure et à
modifier ses habitudes. Aidé par de vieux serviteurs qui

lui étaient très attachés, il s'installa dans son nouveau cabinet avec les quelques livres qu'il avait cru nécessaire de garder en vue des travaux qu'il avait en train. Il ne songea plus qu'à terminer ces travaux pendant le répit que lui laissait encore la vie.

En 1907, il offrait à ses confrères, à l'occasion du cinquantenaire de son élection à l'Institut, deux beaux volumes de *Recherches sur la librairie de Charles V*. C'était un retour aux études de sa jeunesse, a cette histoire du *Cabinet des manuscrits* qui avait été un de ses ouvrages les plus admirés. Puis, tout en surveillant l'impression du troisième volume du catalogue des manuscrits de Chantilly, il entreprenait de traiter un sujet qui le préoccupait depuis longtemps et pour lequel il avait réuni de nombreux matériaux. Ce fut pour lui une joie de voir distribuer, en 1909, le volume de la collection des *Diplômes* qui formait la première partie de l'ouvrage intitulé : *Recueil des actes de Henri II roi d'Angleterre et duc de Normandie, concernant les provinces françaises et les affaires de France.*

Au cours de cette année 1909 et pendant les premiers mois de l'année suivante, l'infatigable vieillard continua encore de produire. Il ne cessait pas d'entreprendre de nouvelles recherches, tout en ne se dissimulant pas que, d'un jour à l'autre, la plume pouvait lui tomber des mains. « On ne doit pas abuser de la longévité », me dit-il, en souriant, un matin où j'étais allé le voir, après que, par un malaise passager, il avait donné quelque inquiétude à ses amis.

Au commencement de l'été, il avait pris part, comme d'ordinaire, aux examens de fin d'année de l'École des

Chartes. Dans une de ces séances, notre confrère,
M. de Lasteyrie, avait été frappé de voir, pour la première
fois, ce maître paléographe éprouver quelque peine à
déchiffrer l'écriture d'une vieille charte sur laquelle on
interrogerait les élèves. Bientôt après, il allait s'installer
à Chantilly, où, depuis 1897, il avait, comme l'un des conservateurs du Musée Condé, un appartement dans la
Maison d'Enghien. Là, il se plaignait de sentir sa mémoire
baisser et de ne plus pouvoir travailler; mais il ne paraissait pas malade quand, le 22 juillet au matin, comme il
causait avec le chanoine Müller, l'aumônier du château,
il expira subitement. A son interlocuteur qui, pour le
consoler de l'interruption de ses travaux, lui parlait de la
gloire qu'il avait conquise, il venait de répondre : « Je n'ai
jamais cherché que la vérité et le bon résultat des entreprises qui m'étaient confiées (1). » Ce furent là, nous
assure-t-on, les derniers mots qu'il prononça. Dans leur
simplicité, ils résument bien l'œuvre et la vie de notre
confrère.

IV

Cette vie de Delisle, nous n'avons pas pu la raconter
sans faire mention de ses principaux ouvrages, de ceux
qui ont le plus contribué à lui valoir la situation hors pair
qu'il a occupée à l'Académie et dans l'administration ; mais
les livres, les mémoires et les articles qu'il a publiés, au

(1) *Les dernières paroles de M. Léopold Delisle*, recueillies par le chanoine
E. Müller, aumônier de l'hospice Condé, chapelain de l'oratoire Saint-Louis
du musée Condé. Le 22 juillet 1910. In-4°, 7 pages.

cours de sa longue vie, sont en trop grand nombre pour
que l'on puisse songer à tenter l'analyse d'une œuvre aussi
touffue. Tout ce que peut donc se proposer le biographe,
c'est de montrer, par quelques exemples, quelles qualités
d'esprit Delisle a portées dans l'étude des questions auxquelles s'est attachée sa curiosité, c'est de mettre en lumière ce qui restera de ce puissant effort, ce que celui-ci
a eu la vertu d'ajouter à ce que nous savions de l'action
des hommes et du jeu des institutions, pour la période
de notre histoire qui a fait le sujet des travaux de notre
confrère.

C'est en exerçant le jeune homme à lire une charte normande de Henri II que M. de Gerville avait éveillé la
vocation de son élève et c'était sur la paléographie que
roulait ce cours de Guérard où Delisle avait commencé de
s'initier aux recherches qui devaient remplir sa vie. Il
s'adonna donc avec passion, dès le début, à l'étude des
anciennes écritures et il y excella bientôt, tant il lut et
compara de documents. Les juges compétents n'hésitent
pas à déclarer que, sans contredit, il fut chez nous, dans
la seconde moitié du dernier siècle, le maître des études
paléographiques. Qu'il eût affaire à des textes latins ou
à des textes français, sa maîtrise était la même. Elle ne
s'affirmait pas seulement par la facilité avec laquelle il
déchiffrait et lisait l'écriture des manuscrits. Où elle
éclatait plus encore, c'était quand il s'attachait à découvrir l'origine et à fixer l'âge d'un manuscrit. En ces
matières délicates, il était merveilleusement servi par des
souvenirs que personne de ses émules n'avait aussi riches
et aussi précis. Tous les ouvrages qui ont paru de son

vivant et qui avaient trait à la paléographie du moyen
âge, il les avait étudiés, il les avait analysés dans les
innombrables comptes rendus qu'il en a donnés, dans la
Bibliothèque de l'École des Chartes, dans le *Journal des
savants* et ailleurs encore. On peut dire qu'il a connu et
pratiqué tous les manuscrits latins et français de la
Bibliothèque nationale, une grande partie de ceux qui
sont conservés dans les autres bibliothèques de Paris, aux
Archives nationales, en province et à l'étranger. Cette
incomparable expérience, mise au service d'une rare saga-
cité, lui assurait une autorité incontestée, dans tous les débats qui s'ouvraient sur des questions de paléographie (1).

Parmi les ouvrages que Delisle a consacrés à cette
science, il en est un sur lequel nous avons déjà eu l'occasion d'appeler l'attention, c'est celui qui a pour titre :
Le Cabinet des manuscrits de la Bibliothèque impériale. Dans
le premier volume, on trouve tous les éléments d'une histoire de l'écriture, de la calligraphie, de la reliure et du
commerce des livres à Paris avant l'invention de l'imprimerie. Dans les *Mélanges de paléographie et de bibliographie*
(1880), Delisle a réuni une série de dissertations sur
divers documents du moyen âge, depuis le *Pentateuque*
de Lyon, qui est du VIe siècle, jusqu'aux traductions
d'Aristote, qui ont été copiées sous Charles V, et aux
Livres d'heures qui ont été exécutés pour le duc de Berri.

---

(1) Dans cette étude sur Delisle, paléographe et diplomatiste, nous
avons eu pour guide notre savant confrère M. Élie Berger, dont la compétence en cette matière est si bien établie, et nous n'avons pu faire mieux
que de transcrire souvent les notes qu'il avait bien voulu nous communiquer.

On ne saurait citer tous les articles que notre confrère a consacrés à des documents qui ont été écrits au temps des Mérovingiens, des Carolingiens et des Capétiens directs. Quelques-uns de ces mémoires doivent pourtant être mentionnés. Celui qui est intitulé : *Les Bibles de Théodulphe* fait connaître de magnifiques manuscrits qui ont été exécutés dans la première moitié du IXe siècle, et qui donnent, entre tous, la mesure des progrès que les scribes avaient accomplis, dans l'art d'écrire, depuis la réforme carolingienne. Sous l'influence de Charlemagne et des savants qui l'entouraient, il s'était formé, en divers endroits, des écoles de scribes. Parmi ces écoles, il en est une, celle de Tours, qui se distingue des autres. A considérer, dans les manuscrits qui en proviennent, la beauté de l'écriture et la correction du texte, on sent combien a été sérieux et vraiment fécond l'effort que tentèrent, pour se dégager de la barbarie mérovingienne, les savants hommes que le grand empereur avait pris pour conseillers.

Il y aurait encore à citer, dans le même ordre de travaux, le *Mémoire sur d'anciens sacramentaires*, description de 127 livres liturgiques appartenant à cette classe de manuscrits (1886), et la *Notice sur les manuscrits originaux d'Adhémar de Chabannes*, ainsi que le mémoire sur *Étienne de Gallardon, clerc de la chancellerie de Philippe-Auguste, chanoine de Bourges* (1899). Dans un article sur les *Litteræ tonsæ*, Delisle retrouva pour les bulles le sens d'un terme qui était resté longtemps inexpliqué.

Dans tous ces travaux, Delisle avait joint à ses descriptions de manuscrits des fac-similés partiels ; mais, avec quelque soin que ceux-ci fussent exécutés, ce n'étaient

7

jamais que des calques, qui laissaient toujours place
à quelque erreur du copiste. Aussi notre confrère, avec
le souci passionné de l'exactitude qui le caractérisait,
s'empressa-t-il de faire profiter les études paléographiques
des progrès qui avaient été réalisés, au cours des trente
dernières années, dans l'emploi des procédés de reproduction issus de la photographie. Dès 1887, c'était sous
le patronage de Delisle que la librairie Quantin publiait
l'*Album paléographique ou recueil de documents importants
relatifs à l'histoire et à la littérature nationales, reproduits en
héliogravure* (grand in-folio). Sept des textes donnés dans
ce recueil ont été transcrits et annotés par Delisle, qui le
faisait précéder d'une magistrale introduction. A partir
de ce moment, celui-ci n'a pas cessé d'engager les paléographes, par son exemple et par ses conseils, à faire de
ces procédés un très large usage. Il désirait surtout les
voir servir à la reproduction intégrale ou partielle des
manuscrits précieux. Il voulait que, par l'héliogravure ou
l'héliotypie, on mît d'irréprochables images de ces manuscrits entre les mains de ceux qui ne pouvaient pas étudier
les originaux sur place. Du même coup, on épargnait
à ceux-ci le danger d'être fatigués et détériorés par des
doigts qui les feuilletteraient trop souvent. Comme le
montre l'incendie de la bibliothèque de Turin, il y a encore,
à prendre ce parti, un autre avantage. On s'assure ainsi
de pouvoir conserver, sous la forme tout au moins de fac-
similés, des documents qui, dans les édifices où ils se
gardent, sont toujours exposés, malgré les précautions
prises, à être détruits par l'eau ou par le feu.

Delisle avait tenté d'obtenir pour la Bibliothèque nationale, par voie d'échange, le plus ancien registre des actes de Phillippe-Auguste, qui, depuis longtemps, se trouve à la bibliothèque du Vatican. N'ayant pas réussi dans cette tentative, il le fit reproduire, à ses frais, en héliotypie, par un photographe français. Ce fac-similé est le document le plus important que nous possédions pour l'étude des écritures françaises au début du XIIIᵉ siècle (1).

C'est encore à Léopold Delisle qu'est due la reproduction intégrale d'un manuscrit célèbre de l'Apocalypse : *L'Apocalypse en français au XIIIᵉ siècle* (Bibl. Nat., ms. français 403), *publiée par MM. Léopold Delisle et Paul Meyer. Reproduction phototypique.* A ce fac-similé, Delisle a joint un important travail sur les figures qui illustrent le texte de l'Apocalyse, telles qu'il les a relevées dans un certain nombre de manuscrits similaires. Il a fait aussi reproduire en entier, dans le format in-folio, le *Rouleau du Bienheureux Vital*, un de ces rouleaux mortuaires dont il s'était occupé dès sa jeunesse, documents curieux qui, par la variété des écritures que l'on y rencontre, offrent un très vif intérêt à ceux qui veulent procéder à des comparaisons paléographiques.

Dans ce genre de reproductions, on peut encore citer la *Notice de douze livres royaux du XIIIᵉ et du XIVᵉ siècle* (1902), ainsi que le *Fac-similé de livres copiés et enluminés pour le roi Charles V, souvenir de la journée du 8 mars 1903, offert à ses amis par Léopold Delisle* (in-4°, de xiv planches

---

(1) *Fac-similé du premier registre de Philippe-Auguste*, publié par M. Martelli, sous la direction de M. Léopold Delisle (96 feuillets recto et verso). 1883.

reproduisant des pages d'écriture et des miniatures empruntées aux manuscrits de Charles V).

Ce qui ressort de ces indications, tout incomplètes qu'elles soient, c'est que, parmi les savants contemporains qui se sont occupés du moyen âge, il n'en est pas un qui, comme paléographe, ait pu rivaliser avec Léopold Delisle, pas un qui, dans cette branche d'études, se soit plus utilement employé à perfectionner les méthodes et à fournir aux adeptes de cette science des instruments de travail qui leur présentent toute garantie; mais, s'il s'est complu dans l'étude des différents types de l'écriture médiévale, jamais il n'a oublié que cette étude ne se suffit pas à elle-même, que ce qui en fait surtout l'intérêt, c'est l'importance et la valeur des données qu'elle fournit à la diplomatique.

La diplomatique a pour objet d'étudier non plus seulement la forme extérieure des actes, mais leur rédaction, le style de ces actes, les formules qui s'y rencontrent, les titres que portent ceux qui les ont signés et ceux qu'ils concernent, les dates enfin de ces pièces. Elle classe les documents par catégories, elle en détermine le vrai caractère, elle en établit l'authenticité ou démontre qu'ils sont l'œuvre de faussaires.

Elle enseigne à reconnaître s'ils ont été bien ou négligemment transcrits, à corriger et à compléter les transcriptions fautives ou incomplètes. Cette critique des textes utilise, entre autres indices, ceux que lui offrent les particularités de l'écriture. Pour faire œuvre de diplomatiste, il est donc nécessaire d'être un paléographe expérimenté; mais, s'agit-il de contrôler et d'apprécier les documents, pour mettre l'histoire en mesure d'en tirer parti, il faut là d'autres qualités d'esprit que celles qui suffiraient, à un expert en écritures. Ces qualités supérieures, Delisle en a fait preuve dans ceux de ses ouvrages qui donnent la plus haute idée de son mérite.

Attaché comme il l'était à sa province, Delisle a commencé (avant 1850) par étudier les actes normands, particulièrement ceux des rois d'Angleterre, ducs de Normandie. De là il a passé aux actes de Philippe-Auguste, qui a chassé de Normandie le Plantagenet Jean sans Terre. Philippe-Auguste l'a conduit à son contemporain Innocent III, alors le pape de Rome. C'est dans la première moitié de sa vie qu'il s'est occupé de Philippe-Auguste et d'Innocent III. Ses recherches sur Henri Plantagenet, amorcées de très bonne heure, ensuite interrompues, puis poursuivies lentement, ont rempli les dernières années de sa vie. Bien que sa curiosité, sans cesse sollicitée par les documents qu'il rencontrait sur sa route, l'ait entraîné dans nombre d'études de détail, Delisle gardait assez présentes à sa pensée les grandes lignes de l'histoire pour que le principal effort de ses recherches se soit porté sur les hommes qui, dans cette histoire, ont joué les premiers rôles. Philippe-Auguste, saint Louis et Charles V sont les plus illustres des rois de France du moyen âge. Innocent III est au premier rang parmi les papes de la même époque. Henri II Plantagenet est le plus grand roi qui ait régné sur l'Angleterre avant les temps modernes.

Delisle n'avait que trente ans lorsqu'il publia l'ouvrage qui le plaçait au premier rang des diplomatistes contemrains. C'était son *Catalogue des actes de Philippe-Auguste*,

avec une introduction sur les sources, les caractères et l'im-
portance historique des documents (1856). Il avait relevé,
classé et daté tous les actes de Philippe-Auguste qui sont
réunis dans les registres de ce prince conservés aux
Archives et à la Bibliothèque nationale ainsi qu'à la
bibliothèque du Vatican. Il avait recherché toutes les
chartes originales, toutes les copies d'actes qui étaient
disséminées dans les dépôts d'archives, les bibliothèques,
les collections privées, les cartulaires et les chroniques.
Les moyens d'information dont nous disposons aujour-
d'hui ont permis de retrouver, depuis 1856, beaucoup
d'actes de Philippe-Auguste que Delisle n'a pas pu connaître à l'époque où il rédigeait son catalogue; mais,
étant données les ressources dont disposait alors notre
confrère, le résultat qu'il avait obtenu n'en est pas moins
surprenant. Delisle avait retrouvé toutes les règles qui
étaient en usage à la chancellerie de France, de 1180
à 1223. Il avait classé et défini toutes les catégories
d'actes. Quelques trouvailles nouvelles que l'on puisse
faire ici ou là, ce catalogue et l'introduction qui le pré-
cède demeurent le fonds où iront toujours puiser les
historiens, pour ce règne et pour les règnes suivants.
C'est de cet ouvrage que dérive, telle qu'on l'enseigne,
toute la théorie de la diplomatique des rois de France
de la troisième race.

C'est encore à cette diplomatique de la royauté française
que se rapportent deux autres ouvrages dont nous ne
pouvons ici que mentionner les titres : les *Actes normands
de la Chambre des comptes de Philippe de Valois* (1871) et
les *Mandements de Charles V*, recueillis dans les collections

de la Bibliothèque nationale (1874). Delisle s'est attaché
avec une sorte de vénération à la mémoire de ce grand
prince qui a, une première fois, avec Duguesclin, chassé
les Anglais de France et dont le rôle, comme protecteur
des lettres, a été mis en lumière par lui dans plusieurs de
ses monographies.

Notre confrère n'a pas moins fait pour la connaissance
de la diplomatique pontificale, quand il a publié son
*Mémoire sur les actes d'Innocent III, suivi d'un itinéraire de
ce pontife* (1857). Il a le premier décrit l'organisation de la
chancellerie pontificale au moyen âge ainsi que le fonc-
tionnement de ses divers services et tracé les règles
suivies pour la rédaction des actes. Ce mémoire est assez
court; mais il n'en a pas moins été le point de départ de
tous les travaux que l'on a faits depuis lors, en France et
ailleurs, sur la diplomatique des papes, à partir de la fin
du XIIe siècle. C'est lui, notamment, qui a donné naissance
à toute la série des publications que l'École française de
Rome a entreprises sur les registres des papes du XIIIe et
du XIVe siècle, série qui comprend aujourd'hui un grand
nombre de volumes.

Delisle a rendu un service signalé aux savants anglais
par la persévérance avec laquelle, pendant tout le cours
de sa vie, il s'est occupé de l'un de leurs rois, Henri II
Plantagenet. Tout en régnant sur l'Angleterre, ce prince
a gouverné la Normandie, le Maine, l'Anjou, la Touraine,
tout le Poitou, toute l'Aquitaine, sans compter l'Auvergne,
dont il était le seigneur suzerain, et la Bretagne, où il établit un de ses fils. Henri a possédé jusqu'à sa mort une
moitié du royaume de France, toutes les provinces rive-

raines de la Manche et de l'Océan, depuis les limites de la
Picardie jusqu'aux Pyrénées. C'est comme duc de Normandie qu'il a commencé à intéresser Delisle. Celui-ci,
auquel rien n'était indifférent de ce qui concernait sa
chère province, a voulu savoir à quel régime elle était
soumise quand elle relevait d'un souverain étranger. Il
s'est donc mis, de bonne heure, à tâcher de réunir ceux
des actes de Henri II qui avaient trait à l'administration
de son domaine continental. Il les a recherchés à la
Bibliothèque et aux Archives nationales, dans les bibliothèques et les dépôts d'archives de la Normandie et de
nos provinces de l'Ouest, enfin aussi dans les archives
anglaises. Partout il a recueilli des fac-similés photogra-
phiques, qui se comptent par centaines. Il a dépouillé à
cet effet tous les recueils imprimés, tous les historiens du
XIIᵉ siècle. Ce travail, au cours duquel il avait été
souvent aidé par Mᵐᵉ Delisle, n'avait abouti à aucune
publication d'ensemble, quand, après la mort de celle-ci et
pour faire honneur à sa mémoire, il décida de le reprendre.
La préparation de ce grand ouvrage a été l'occupation
favorite des cinq dernières années de sa vie, et en 1909,
il en donnait la première partie sous ce titre : *Recueil des
actes de Henri II, roi d'Angleterre et duc de Normandie, concernant les provinces françaises et les affaires de France ; Introduction*, 1 vol. in-4°, un album in-fol. de trente planches. Les
textes eux-mêmes, réunis par Delisle, seront publiés, avec
transcription et commentaires au nom de l'Académie, par
notre confrère M. Élie Berger, que Delisle honorait de son
amitié et qu'il avait souvent entretenu de la suite qu'il
comptait donner à ce travail.

Les actes de Henri II ne portent jamais de date. Il en
résultait que, la plupart du temps, on ne pouvait en tirer
tout le parti qu'il aurait fallu. Delisle est arrivé à les dater
dans une certaine mesure au moyen de la formule *Henri-
cus Dei gratia rex Anglorum* qui se trouve en tête de beaucoup de pièces. Il a établi qu'à de très rares exceptions
près les mots *Dei gratia* ne figurent pas, après le nom du
roi, à la première ligne, dans la période comprise entre
1154 et 1172 ou 1173. Au contraire, on les trouve toujours entre 1172 ou 1173 et 1189, date à laquelle Henri II
est mort. Pour arriver à dater ces textes avec plus de
précision, il a eu recours à toute sorte de recherches, et
surtout il a étudié en détail les souscriptions placées au
bas des actes. Suivant l'époque à laquelle les chanceliers,
les archevêques et évêques, les abbés, les grands seigneurs
nommés au bas des actes ont vécu, sont morts ou ont
occupé leurs fonctions, on peut établir avec une certaine
approximation la date à laquelle ils ont souscrit les documents.

Passant ensuite au style des actes, à leur rédaction, à
l'étude détaillée des termes employés par le roi, il tire
de cette étude les conclusions les plus inattendues sur les
méthodes dont usa Henri II pour gouverner ses vastes
États et même sur le caractère du roi. L'ample mémoire
qui forme cette introduction est neuf et original dans
toutes ses parties. C'est l'histoire politique et administrative d'un grand règne, faite au moyen des formules. Il
ne semble pas que jamais on ait tiré de la diplomatique
des résultats aussi importants. Avec l'étude de Delisle sur
les actes de Henri II, cette science, souvent aride, devient

8

vivante et prend un intérêt que l'on ne s'attendait pas à y
trouver.

On appelle *Rouleaux des morts* de longs rôles de parchemin composés de bandes cousues bout à bout que les
églises et les abbayes faisaient circuler, à la mort des
personnes appartenant à une congrégation, dans les établissements religieux avec lesquels elles étaient en relations
de confraternité. A l'arrivée du rouleau, chaque établissement faisait dire des prières pour le mort, puis faisait
tracer sur le rouleau une mention attestant qu'il avait
associé ses prières à celles de la communauté qui avait
envoyé le rouleau. Ces curieux documents portent ainsi
une quantité de mentions contemporaines, tracées en
écritures diverses et sous des formes variées. On y joignait
souvent de petits développements littéraires, en particulier des pièces de vers.

Delisle n'a pas été le premier qui se soit occupé des
rouleaux mortuaires; mais personne n'avait traité la question dans son ensemble; personne n'avait montré, comme
il l'a fait, tout ce que peut nous apprendre ce genre de
documents. En 1866, il a publié un recueil de *Rouleaux
des morts,* dans un volume où les textes sont précédés
d'une très intéressante introduction. A la fin de sa vie,
alors qu'il avait un si vif souci de voir reproduire en fac-
similé les documents originaux, il a fait photographier
en entier le *Rouleau mortuaire du bienheureux Vital, abbé
de Savigni, contenant 207 titres écrits en 1122-1125, dans
différentes églises de France et d'Angleterre* (in-fol., 1909).
Les *titres* ou *tituli* sont les mentions écrites dans les différentes églises où le rouleau était présenté. Dans cette

copie figurée, on trouve tous les éléments d'une étude sur
la paléographie du XIIe siècle, tant est grande la variété
des écritures que l'on y rencontre.

On relève encore, dans ces titres, bien des particularités
qui sont curieuses à d'autres points de vue. C'est ainsi
que, dans l'abbaye d'Argenteuil, plusieurs religieuses
ayant inscrit leur nom sur le rouleau du bienheureux
Vital, parmi celles-ci figure la célèbre Héloïse, l'amante
d'Abélard, qui, depuis 1119 environ, s'était retirée dans
ce monastère. Une pièce de vers en distiques très élé-
gants se trouve inscrite, en cet endroit, sur le rouleau.
Elle paraît être l'œuvre d'Héloïse et sans doute a-t-elle été
écrite de sa main.

Pour achever de donner une idée du parti que Delisle
a su tirer des documents qu'il découvrait ou dont il était
le premier à saisir l'importance, il importe de citer
encore la lettre d'un bourgeois de la Rochelle à Blanche
de Castille et les mémoires consacrés aux enquêtes de
saint Louis et aux opérations financières des Templiers.

C'est une étude assez courte que le *Mémoire sur une
lettre inédite adressée à la reine Blanche de Castille par un
habitant de la Rochelle* (1856); mais, mieux peut-être que
tout autre, il permet d'apprécier la méthode que suivait
Delisle pour annoter un document important, pour en
faire ressortir la valeur et pour traiter, à ce propos, une
question de diplomatique.

On sait comment Louis VIII, après avoir achevé la con-
quête du Poitou, commencée par son père Philippe-
Auguste, avait décidé, par son testament, que le Poitou
serait détaché du domaine royal et donné en fief à son

troisième fils Alphonse. En 1241, Alphonse était armé
chevalier à Saumur et mis en possession de son fief; mais,
aussitôt, un des seigneurs qui relevaient du nouveau
comte de Poitiers, Hugues X de Lusignan, comte de la
Marche, était poussé à la révolte par sa femme Isabelle
d'Angoulême, veuve de Jean sans Terre et ennemie mor-
telle de Blanche de Castille. Il ralliait à ses projets toute
une partie de la noblesse poitevine. C'est au moment où
se prépare cette rébellion qu'un Rochelois, dévoué de
cœur à la maison de France, écrit à la reine Blanche
pour l'avertir du danger. Le récit est vivant; il relate des
faits qui ne sont pas connus par d'autres textes. Il est
curieux aussi que cette lettre soit adressée non au roi,
mais à la reine-mère. On est en 1242, et depuis 1236
Blanche n'a plus le titre de régente; mais, à cette sus-
cription, on devine que c'est encore elle qui a la haute
main sur les affaires publiques.

En France, les *lettres closes* du XIIIᵉ siècle sont très
rares; il ne nous en reste qu'un fort petit nombre et
aucune n'est aussi intéressante que celle-ci. Dans une
dissertation jointe à son mémoire, Delisle examine toutes
les lettres closes de cette époque qu'il a pu recueillir.
Il en étudie les formules et le style; il montre comment
et à quelle place on y écrivait l'adresse. C'est de cet
essai que devrait s'inspirer quiconque entreprendrait un
travail d'ensemble sur les *lettres closes* du moyen âge
français.

Cinq ans après qu'avait été écrite la lettre à Blanche
de Castille, saint Louis, obéissant à cet instinct de jus-
tice et à ces sentiments de compassion qui attestent la

délicatesse de sa conscience, envoya des commissaires
enquêteurs dans toutes les provinces qui avaient été réu-
nies au domaine royal, par la guerre ou autrement, au
temps de son aïeul Philippe-Auguste, de son père
Louis VIII et pendant sa propre minorité. En beaucoup
d'endroits, les souffrances avaient été grandes, après ces
annexions. Les baillis et autres officiers royaux avaient
traité ces provinces en pays conquis. Ils y avaient commis
beaucoup d'exactions et d'actes de violence. Le roi ne
voulait pas laisser subsister les traces de ces violences.
Les enquêteurs royaux eurent pour mission non de recher-
cher et de faire valoir les droits du roi, mais de corriger
les effets des abus commis par les agents de la royauté.

Les enquêteurs voyageaient deux à deux. C'étaient des
hommes d'église, des religieux ou des Templiers. Ils rece-
vaient les plaintes et les réclamations d'indemnités. Quand
ces plaintes paraissaient fondées, le roi les accueillait.
Les réclamations des plaignants sont des plus variées. Ce
sont des seigneurs qui affirment avoir été dépouillés de
droits qu'ils possédaient ; ce sont des paysans qui ont été
brutalisés par les officiers royaux, qui ont vu détruire
leurs maisons, enlever leurs meubles et leurs bestiaux.
On peut dégager de ces enquêtes bien des traits qui ser-
viraient à tracer le tableau de la vie que menaient en
France les populations rurales, dans la première moitié
du XIIIe siècle ; mais l'impression que l'on garde surtout
de cette lecture, c'est l'admiration que l'on éprouve pour
la bonté d'un souverain dont l'âme compatit ainsi aux
misères des petites gens, d'un prince qui tient à payer
non seulement ses propres dettes, mais celles mêmes de

ses prédécesseurs. C'est vraiment là un phénomène unique dans notre histoire.

Le texte des rapports de ces enquêteurs nous a été conservé en 'partie soit sur des fragments de rouleau, soit sur des cédules isolées, soit surtout sur des registres. Deux de ces registres, où sont relatées les enquêtes du Languedoc, sont faits de papier. Ce sont, selon toute apparence, les plus anciens documents écrits sur papier que nous possédions en France. Delisle a retrouvé tous ces textes aux Archives nationales et ailleurs. L'un des registres en papier était dans un état déplorable. Les vers l'avaient déchiqueté. Delisle l'a reconstitué en rapprochant tous les petits morceaux détachés. Il a pu nous rendre ainsi, presque complet, ce document unique en son genre. L'écriture, qui présentait de fortes abréviations, était d'une lecture difficile. Notre confrère a tout déchiffré, tout copié. Les textes ainsi restitués par lui forment le tome XXIV du *Recueil des historiens de France* (2 volumes in-folio). En tête du texte des enquêtes, Delisle a publié un grand mémoire où il énumère, pour chaque bailliage (provinces du Nord) et pour chaque sénéchaussée (provinces du Midi), tous les baillis, les sénéchaux, les prévôts et autres agents royaux, donnant sur chacun d'eux les indications les plus précises.

Depuis lors, d'autres savants ont entrepris, pour des époques plus rapprochées de nous, l'étude d'autres enquêtes du même genre ; mais le livre des Enquêteurs de saint Louis leur a servi de modèle. C'est ce livre que rappellent et de qui procèdent toutes les publications de cette sorte que l'on doit à l'érudition française.

L'histoire de la France des Capétiens n'a pas tiré un
moindre bénéfice des recherches auxquelles Delisle s'est
livré sur le rôle que les chevaliers du Temple ont joué, à
cette époque, dans la société européenne, comme dépo-
sitaires et distributeurs de la richesse. Les résultats de
ces recherches, il les a exposés dans son *Mémoire sur les
opérations financières des Templiers* (*Mémoires de l'Académie
des Inscriptions*, t. XXXIII, 1889). Il explique là par l'effet
de quelles circonstances les Templiers sont devenus, au
XIIᵉ et au XIIIᵉ siècle, les banquiers du monde chrétien.
Dans tous les États où se recrutait leur milice et où
s'exerçait leur action, ils jouissaient d'une situation pri-
vilégiée. Le service auquel leurs vœux les astreignaient
était considéré comme une prolongation de la croisade,
comme une croisade permanente. Or l'Église prenait sous
sa protection tous les croisés. Nul ne pouvait, sous un
prétexte quelconque, porter la main sur les biens d'un
croisé, sans tomber sous le coup de l'excommunication et
de l'interdit. De plus, les maisons des Templiers étaient,
en général, des forteresses redoutables, gardées par la
chevalerie du Temple, par des guerriers qui avaient fait
leurs preuves d'expérience et de bravoure sur les champs
de bataille de la Syrie. Les commanderies du Temple se
trouvaient ainsi être les banques de dépôt les plus sûres
auxquelles, dans ces sociétés sans cesse troublées par la
guerre, on pût confier son argent. Le roi de France, au
XIIIᵉ siècle, avait au Temple de Paris la plus grande
partie de sa fortune pécuniaire et, sous saint Louis, le
trésorier du Temple, à Paris, était, dans une certaine
mesure, le trésorier royal.

Ce qui faisait affluer l'argent dans les caisses de l'Ordre, ce n'était pas seulement la sécurité que garantissaient ces dépôts, c'était encore les facilités qu'ils donnaient pour opérer des paiements à distance. Les dangers de la mer et la piraterie rendant très hasardeux le transport des espèces à travers la Méditerranée, la plupart des croisés ou des marchands qui partaient pour le Levant n'emportaient pas leur argent avec eux, sur le navire où ils s'embarquaient. Souvent ils le remettaient à une maison du Temple, située en France ou ailleurs. Le trésorier de cette maison leur donnait une lettre sur la présentation de laquelle ils toucheraient en Orient, par exemple dans le Temple de Saint-Jean-d'Acre, la somme versée en Occident. A user ainsi du crédit des Templiers, on trouvait assez d'avantages pour que, bientôt, en Occident, on se soit avisé d'appliquer le même procédé au règlement des créances, d'une place à une autre. Delisle montre le roi d'Angleterre et d'autres princes s'acquittant par ce moyen de dettes qu'ils avaient contractées envers le roi de France. Dans leur pays, ils versaient à une maison du Temple les sommes dues. Celle-ci expédiait un ordre de paiement au Temple de Paris, qui, à son tour, payait au roi la somme convenue. Les grands seigneurs et les princes n'étaient d'ailleurs pas seuls à demander ce service aux Templiers. Ceux-ci comptaient aussi parmi leurs clients de simples particuliers, voyageurs ou négociants.

Ne fût-ce que par ce simple résumé d'un mémoire si riche de faits nouveaux et de découvertes suggestives, on devine quelle place on devra faire désormais aux Templiers dans l'histoire du développement de la richesse et de la création des instruments qui en ont servi les progrès. Si l'on ne peut dire qu'ils aient inventé la lettre de change, cessible au tiers qui l'endosse, ils ont mis sur la voie qui y conduira, alors qu'ils mobilisaient le capital par l'emploi de ces bons de caisse qui dispensaient du transport des espèces monnayées. On trouve même là certaines pratiques qui rappellent d'une façon inattendue les habitudes de la finance moderne. A Saint-Jean-d'Acre, un croisé a son coffre-fort dans la maison du Temple, comme aujourd'hui plus d'un rentier a le sien au Crédit Lyonnais ou à la Société Générale.

Il ne semble pas d'ailleurs que les Templiers aient abusé de la situation, du besoin que l'on avait de leur concours, comme le feront ces Lombards qui, après eux, auront le monopole des affaires de banque. Si les Templiers prélevaient sur ces dépôts et sur ces mouvements de fonds certains droits de garde, certaines commissions, ces prélèvements paraissent avoir été très modérés. Nulle part, dans les documents contemporains, ils ne sont accusés du crime d'usure et l'on sait pourtant combien, à tort ou à raison, l'opinion a toujours été sévère aux capitalistes auxquels elle reprochait de s'enrichir par ce moyen. Il n'en est pas moins vrai que l'Ordre a dû tirer parti des sommes énormes qui lui étaient ainsi confiées pour agrandir les vastes domaines qu'il possédait dans tous les pays de la Chrétienté, pour augmenter encore cette fortune immobilière et mobilière qui, par les convoitises qu'elle éveillait chez des princes toujours à court d'argent, allait bientôt causer la perte de ses détenteurs.

Ce qu'il y a de plus mémorable dans l'œuvre de notre confrère, c'est, sans aucun doute, les ouvrages dont nous venons de citer les titres et de donner une brève analyse. Par les recherches dont il y expose les résultats, par l'ensemble des faits, jusqu'alors inconnus ou mal compris, qu'il y signale, il a comme renouvelé l'histoire du XIIIᵉ siècle, de ce siècle où, par l'action de plusieurs grands rois, se crée l'unité politique et morale de la France, où le génie français s'éveille, où il travaille à ébaucher le vocabulaire et la syntaxe de cette langue qui lui permettra plus tard d'exprimer de si hautes pensées, où, avec les chansons de geste, il s'essaye à la poésie épique, où enfin il crée la merveille de l'architecture et de la sculpture gothique. C'est bien là ce qu'il y a de capital dans son œuvre. Ce serait pourtant faire tort à la mémoire de notre confrère que de passer ici sous silence les enquêtes et les travaux par lesquels il a concouru à mettre en honneur et à orienter vers des résultats certains l'étude de l'art des miniaturistes du moyen âge et, d'une manière plus générale, l'étude des œuvres de tous ces peintres que l'on appelle aujourd'hui les *primitifs français* (1).

Par tempérament, Delisle n'était pas tourné vers les arts du dessin, ni très sensible aux joies qu'ils donnent

---

(1) C'est à l'amitié de notre confrère M. Paul Durrieu que nous devons d'avoir pu mettre en lumière les services que Delisle a rendus à l'histoire de l'art français. M. Durrieu, tout dévoué à ces études où il s'est fait une si belle place, a suivi de très près toutes les recherches par lesquelles Delisle s'est engagé sur ce terrain. Il a été associé par le maître à plusieurs des entreprises de reproduction et de commentaire des manuscrits à miniatures que celui-ci a patronnées. On trouvera ici plusieurs pages empruntées aux notes que M. Durrieu a bien voulu me fournir.

à ceux mêmes qui ne les cultivent qu'en amateurs et en connaisseurs. Dans ses souvenirs de jeunesse, il nous dit que son premier maître, M. de Gerville, n'avait pas réussi à lui donner le goût des monuments figurés. Il n'a jamais, que je sache, cherché à se reposer de ses études toutes livresques, en passant, de loin en loin, une heure ou deux au Louvre, devant les toiles de Raphaël ou de Titien, de Rubens ou de Rembrandt. Je me demande même s'il est quelquefois entré dans les salles du rez-de-chaussée où Courajod, qu'il honorait de sa bienveillance, avait commencé à réunir les monuments de la sculpture française du moyen âge. Dans ces conditions, comment a-t-il été amené à se faire une belle place parmi les érudits qui, dans ces dernières années, ont jeté le plus de jour sur les difficiles problèmes qui se posent au sujet de l'art français du XVe siècle, de ses origines et de son évolution?

Rien n'est, à vrai dire, plus facile à comprendre. C'est par un chemin détourné que Delisle a été conduit à cette étude; mais sa curiosité ne pouvait manquer d'être, un jour ou l'autre, appelée sur ces questions. Il n'est pas allé aux peintures pour elles-mêmes, pour les mérites que peut y trouver l'œil d'un artiste. Ces peintures, il les a regardées et il s'y est intéressé parce qu'elles décoraient ces manuscrits sur lesquels il veillait avec un soin si jaloux. De ceux-ci il voulait tout savoir, où, quand, par qui et pour qui ils avaient été exécutés. Il arrivait à découvrir dans quel atelier de province ou de Paris d'habiles copistes en avaient écrit les pages. Comment ne se serait-il pas aussi demandé quels étaient les peintres auxquels ces manuscrits devaient la parure qui les avait rendus si

chers à leurs possesseurs royaux ou princiers? Il se mit
donc à chercher quel était le nom et quelle était la patrie
de ces peintres, à quelles écoles ils appartenaient, à quels
rois ou à quels seigneurs ils avaient été attachés. Il n'eut
pas de repos qu'il n'eût résolu ces problèmes, qu'il
n'ignorât plus rien des conditions dans lesquelles était né
tel ou tel illustre manuscrit.

C'est par cette voie indirecte que Delisle est venu à
l'histoire de l'art. Cette histoire, il l'a, pour ainsi parler,
abordée par le dehors. Ce dont il s'est préoccupé, c'est
d'arriver à établir, par des pièces d'archives, l'état civil
des auteurs de ces ouvrages. L'historien de la peinture
recueille, dans ces notices biographiques, des données
précises qui lui sont d'un grand secours pour lui permettre de s'expliquer certaines différences et certaines res-
semblances qu'il remarque soit entre les divers tableaux
d'un même manuscrit, soit entre ceux dont se parent deux
manuscrits à peu près contemporains. Les conjectures
que lui suggérait la seule étude du style de ces tableaux
se trouvent ainsi confirmées ou démenties par des témoignages authentiques. Il devine la raison secrète des
parentés qu'il croit saisir. Il rencontre là des jalons qui
lui indiquent la direction générale et les détours des
routes par lesquelles s'est exercée à distance l'influence
de tel ou tel maître. Il se sent en mesure de former des
groupes et de parler d'écoles.

Quand Delisle s'engagea dans la voie de ces recherches,
les peintures des manuscrits français du moyen âge avaient
à peine attiré l'attention et n'avaient, en tout cas, été
l'objet d'aucune étude méthodique. C'était à peine si

quelques curieux s'en étaient amusés et y avaient parfois
signalé certains mérites d'invention et d'exécution; mais
ceux-là mêmes ne pensaient pas à se demander quels pouvaient être les auteurs de ces tableaux. C'est un fait presque unique et qui passa inaperçu que, dans un *Mémoire
historique sur la Bibliothèque du Roy*, rédigé, en 1739, d'après
les notes de Jean Boivin par l'abbé Jourdain, on trouve
cette mention : « il y eut sous Louis XI un enlumineur en
titre nommé Jehan Foucquet de Tours, dont l'habileté
paraît surtout dans les tableaux historiques du manuscrit
des *Antiquités judaïques de Josèphe* (1) ».

Dans la première moitié du dernier siècle, on se mit à
regarder ces manuscrits avec une curiosité plus éveillée.
Paulin Paris, pour ne citer ici qu'un seul nom, s'attachait à signaler et à décrire les peintures d'une série de
Manuscrits de la Bibliothèque du Roi. Vers le même temps,
pour appeler sur cet art l'attention du public, certains
éditeurs essayaient de reproduire, par les procédés très
imparfaits dont ils disposaient alors, le décor pictural de
quelques-uns de ces volumes; mais les progrès de ces
études restaient bien lents. On voyait se produire, à
propos de ces ouvrages, les assertions les plus fantaisistes,
les hypothèses les plus hasardées.

De très bonne heure, Delisle avait commencé de s'occuper des manuscrits à images. En 1861, il soumettait à
l'Académie une notice qu'il devait imprimer en 1864 sur
un *Recueil historique présenté au roi Philippe le Long*, manuscrit dont l'intérêt était surtout dans la parure que lui avait

---

(1) P. Durrieu, *Les Antiquités judaïques de Josèphe*, p. 84.

donnée l'enlumineur. A ce travail succéda une longue
suite d'essais du même genre. C'est à Delisle que revient
l'honneur d'avoir indiqué, par les exemples qu'il donna,
les méthodes qu'il fallait suivre pour arriver enfin, par
voie scientifique, à projeter quelque jour dans les ténè-
bres qui nous cachaient la personne des vieux maîtres
miniaturistes et qui enveloppaient leurs œuvres.

Deux principes féconds furent développés ou plutôt
appliqués par Delisle. Le premier devoir qu'il s'imposa,
ce fut de ne plus étudier les manuscrits un à un et isolé-
ment comme on l'avait fait jusqu'alors, mais de les considérer dans les rapports qu'ils présentent avec d'autres volumes, qu'il faut aller chercher, parfois très loin, dans
d'autres bibliothèques. Par le moyen de ces rapproche-
ments, on en vient à constituer des groupes d'œuvres pour
lesquelles l'identité du style révèle une communauté
d'origine. On réussit, de cette façon, à distinguer, à re-
placer dans leur temps et dans leur milieu maintes grandes
écoles locales de calligraphie ornée et de miniature. On
définit le champ dans lequel s'est exercée l'activité de
chacune d'elles. A plusieurs reprises, Delisle a montré, par
la pratique, quel intérêt la critique avait à user de cette
méthode. C'est celle qu'il emploie dans son important
mémoire de 1888 sur l'*Évangéliaire de Saint-Vaast d'Arras
et la calligraphie franco-saxonne du IXᵉ siècle*. On en peut
dire autant des nombreux travaux qu'il a consacrés aux
calligraphes et artistes de l'École de Tours à l'époque
carolingienne.

L'autre principe que Delisle a posé, c'est que, pour
élucider l'histoire des manuscrits enluminés et de leurs

peintures, il importe avant tout d'interroger les documents
d'archives, de leur demander tout ce qu'ils ont à nous
dire au sujet des personnages qui, à un titre quelconque,
scribes, artistes ou propriétaires, ont pris part à l'exécution du volume. Ce que l'on pouvait gagner à cette re-
cherche, Delisle l'a montré par plus d'une étude qui peut
servir de modèle. Rencontrait-il, par exemple, une pièce
de compte, un article d'inventaire qui citait un nom d'artiste, à propos d'un volume auquel celui-ci avait travaillé? Aussitôt il s'efforçait de retrouver, parmi les manuscrits dont il avait connaissance, celui auquel pouvait
se rapporter le texte en question. Arrivait-il à l'identifier,
sur des indices qui ne laissaient point place au doute,
c'était comme un compte qu'il se sentait le droit d'ouvrir
à quelque maître enlumineur jusqu'alors ignoré. D'après
cet exemplaire, qui cessait d'être anonyme, la critique
pouvait juger du mérite de ce maître et définir son style.
Elle trouvait là un point de repère, un critérium qui lui permettait des comparaisons instructives et souvent décisives.

Telle découverte de ce genre lui fournissait comme une
tête de chapitre, l'amorce d'un chapitre tout neuf de
l'histoire d'un art qui, jusqu'alors, n'avait pas pu avoir
d'historien.

Ce serait une longue liste que celle des travaux dans
lesquels Delisle a appliqué ces deux méthodes d'investi-
gation, en les combinant l'une avec l'autre. Nous ne
citerons ici que les principaux, ceux qui ont le plus efficacement contribué à faire succéder les certitudes de l'érudition la plus fine et la plus sûre aux hasards des hypothèses
en l'air.

En 1867, c'est la notice sur le *Psautier de la reine Ingeburge, femme de Philippe-Auguste,* précieux volume à peintures que, sur le conseil de Delisle, le duc d'Aumale devait acquérir plus tard pour Chantilly.

En 1868, c'est l'apparition du tome premier d'un ouvrage, *Le Cabinet des manuscrits de la Bibliothèque nationale,* qui allait devenir comme le bréviaire de quiconque songe à étudier scientifiquement les manuscrits où se trouvent les plus beaux spécimens de la miniature du moyen âge.

La même année, Delisle communique à l'Académie des *Notes sur quelques manuscrits de la bibliothèque de Tours,* qui faisaient connaître une œuvre indiscutable d'un artiste parisien, fameux en son temps, l'enlumineur Honoré, contemporain de Philippe le Bel.

En 1877, c'est une *Notice sur un livre à peintures exécuté en 1250 pour l'abbaye de Saint-Denis.* Bientôt après, intéressé par ce que Delisle avait dit de ce volume, notre ancien confrère, le duc de la Trémoïlle, l'offrait à la Bibliothèque nationale. En 1879, Delisle étudie les *Bibles de Théodulfe,* chef-d'œuvre de l'art calligraphique carolingien, puis le *Livre d'Heures d'Ailly,* merveilleux volume dont l'illustration a été exécutée pour le duc Jean de Berry et qui appartient aujourd'hui à notre confrère de l'Académie des Beaux-Arts, M. le baron Edmond de Rothschild; enfin il décrit *Trois manuscrits de la bibliothèque de Leyde,* dont l'un est un psautier à peintures qui appartint à saint Louis.

En 1880, paraissait le volume intitulé *Mélanges de paléographie et de bibliographie.* L'histoire de l'art français peut y trouver beaucoup à prendre. Delisle y met en lumière, avec plus d'insistance qu'on ne l'avait fait jusqu'à lui, l'inscription, portée sur une *Bible en français* que l'on conserve à La Haye, qui donne, comme dans une sorte de signature, le nom d'un peintre cher au roi Charles V, Jean de Bruges, dont le vrai nom paraît avoir été Jean de Bandolf ou Bondolf.

En 1881 une *Notice sur deux livres d'Heures ayant appartenu au roi Charles V*, dont l'un, qui a été acquis pour Chantilly en 1894, était le Bréviaire de Jeanne d'Évreux.

En 1882, le *Missel de Thomas James*, manuscrit de la cathédrale de Lyon, dont les peintures sont dues, ainsi que Delisle l'a établi, au fameux miniaturiste florentin Attavante.

En 1884, Delisle publiait dans la *Gazette des Beaux-Arts* trois articles sous ce titre : *Les livres d'Heures du duc de Berry*. Ces articles ont fait époque; ils ont frayé la voie aux critiques qui tentent d'écrire l'histoire de l'art français du XIVe et du XVe siècle. Delisle y a mis en pleine évidence la découverte qu'il avait faite de la signature de trois enlumineurs contemporains des derniers Capétiens directs, Jean Pucelle, artiste très prisé en son temps, Ancieau de Cens et Jacques Maci. Il y a donné d'utiles indications sur André Beauneveu, sur Jacquemart d'Hesdin et sur les trois enlumineurs que le duc de Berry employait le plus volontiers, Pol de Limbourg et ses deux frères, auxquels il a proposé pour la première fois, d'après un passage d'un inventaire contemporain, de restituer la paternité des incomparables *Très riches Heures de Chantilly*.

Nous ne saurions enregistrer ici même les titres de toutes les notes et de tous les mémoires, souvent accompagnés de reproductions en phototypie, que Delisle a consacrés à divers manuscrits illustrés. Nous croyons pourtant devoir signaler un important mémoire de 1890 sur les *Livres d'images destinés à l'instruction religieuse et aux exercices de piété des laïques*. On y trouve la description de superbes *Bibles en images* qui sont dispersées aujourd'hui entre Paris, Londres, Oxford et Vienne; mais ce qui fait surtout l'intérêt de cet essai, c'est que Delisle y montre comment l'image s'est chargée de suggérer au lecteur telle ou telle explication du texte sacré ou même, jusqu'à un certain point, de suppléer ce texte, de transmettre aux illettrés les dogmes et les leçons que contiennent les pages des livres saints. C'est en considération du rôle didactique qui est là celui de l'image que l'auteur a fait entrer ce mémoire dans le cadre de l'*Histoire littéraire de la France* (t. XXXI, p. 213-285).

En 1900, Delisle étudiait deux très beaux manuscrits à miniatures, l'un du XVe siècle, les *Heures de l'amiral Prégent de Coétivy*, et l'autre du XVIe siècle, les *Heures du connétable de Montmorency*.

À mesure qu'il avançait en âge, c'était avec une prédilection de plus en plus marquée qu'il s'adonnait à l'étude des manuscrits ornés de peintures. Ses dernières années virent paraître, dans cet ordre d'idées, nombre de travaux où l'historien de l'art trouve bien des matériaux utiles.

Tels sont : la *Notice de douze livres royaux des XIIIe et XIVe siècles*, luxueuse publication de format grand in-quarto, avec 17 planches (1902).

En 1903, *Fac-similés de livres copiés et enluminés pour le roi Charles V*, autre in-quarto, qui contient 14 planches.

Une étude sur les *Heures de Jacqueline de Bavière,* et une autre sur les *Heures de Jacques Cœur,* qui appartiennent à la bibliothèque royale de Munich. Puis vient la publication, faite sous les auspices de la Commission de Chantilly, du *Triomphe du connétable de Montmorency.* Ce sont ensuite, en 1905, les *Heures de Blanche de France, duchesse d'Orléans,* et en 1906, un mémoire sur le *Liber floridus,* livre illustré du moyen âge, dont l'original est conservé dans la bibliothèque de la ville de Gand et dont le Musée Condé possède une très belle copie.

En 1907, l'Académie fêtait le cinquantenaire de l'élection de Delisle. A cette occasion, celui-ci publia, pour les offrir en hommage à la Compagnie, deux volumes de *Recherches sur la librairie de Charles V.* Il y a beaucoup à prendre dans ces volumes pour l'histoire de l'art. Il y est question des peintres de Charles V, Jean de Bruges et André Beauneveu, des enlumineurs Jean le Noir et de Bourgot sa fille, Haincelin, Jean de Montmartre, Jean Suzanne, Jean de Nozière, etc., etc. A cette publication est joint un album qui reproduit quelques chefs-d'œuvre de la miniature française des XIVᵉ et XVᵉ siècles. Notre confrère n'a pas craint d'y faire figurer de charmants dessins du temps de Charles V qui représentent, d'une façon tout à fait naïve, l'histoire, quelque peu scabreuse, de Loth et de ses filles.

En 1910, dans les derniers mois de sa vie, Delisle publiait encore, dans un petit volume charmant, les *Heures dites de Jean Pucelle,* qui appartiennent à M. Maurice de Rothschild et il en donnait un commentaire des

plus savants, puis il remettait à l'impression des articles
qui intéressent l'histoire de la miniature parisienne, l'une
sur l'*enlumineur Honoré* et l'autre sur la *Bible de Robert
de Billing et de Jean Pucelle*.

Les dernières communications faites par Delisle à
l'Académie roulent, pour la plupart, sur des sujets qui
touchent à l'histoire de l'art. En 1907, il nous présentait, dans la séance du 7 avril, un très précieux fragment,
qui appartenait à M. Pierpont Morgan, d'une grande
Bible en images. Dans un portrait de souverain qui
s'y trouvait, il reconnaissait celui de saint Louis.

En 1910 encore, c'était pour des miniatures qui se rattachaient par leur facture à celles des fameuses *Grandes
heures de la reine de Bretagne*, qu'il sollicitait notre attention. Le 14 janvier, il nous montrait un très beau fragment de manuscrit, dont il avait obtenu le prêt d'un collectionneur anglais, le colonel George Holfore. Le 6 mai,
il nous donnait de très intéressants détails sur d'autres
volumes du même genre, dont l'un appartenait au baron
Edmond de Rothschild. A toute cette catégorie de matériaux, il s'apprêtait à consacrer un travail d'ensemble dont
il avait déjà réuni les matériaux. La mort l'empêcha d'achever l'œuvre qui était déjà sur le chantier.

Ces monuments de l'art français qui ont eu les dernières pensées de Delisle, il les aimait avec une passion
qui trempait d'émotion sa voix, quand il avait à nous en
entretenir. Vous vous rappelez avec quelle joie il nous
apprenait, en 1903, qu'un grand collectionneur anglais,
M. H. Yates Thomson, venait de retrouver le tome II
d'un fameux exemplaire d'une traduction française des

Antiquités judaïques de Josèphe, dont le tome premier, qui contenait des miniatures de Jean Foucquet, appartenait depuis François Ier à la Bibliothèque royale. Avec quel empressement il nous racontait, en 1905, que dix feuillets de miniatures, qui manquaient à ce tome II, avaient été découverts dans les collections royales de Windsor! Nous n'avons pas oublié avec quel accent de triomphe, dans la séance du 23 février 1906, notre confrère nous faisait part d'un événement plus heureux encore. Il nous annonçait que le roi Édouard VII d'Angleterre faisait don à la nation française, pour la Bibliothèque nationale, de ce tome II des *Antiquités judaïques*, qui, gracieusement offert à Sa Majesté par M. Yates Thompson, avait été ensuite complété par l'insertion dans le volume des feuillets retrouvés à Windsor.

Une fois que la France eut repris possession de ce trésor, Delisle exprima le vœu que l'Académie pût, comme il disait, « présenter au public, dans son unité, une œuvre merveilleuse qui a subi tant de vicissitudes ». A cet effet, il s'adressa d'abord à la commission qui connaît de l'emploi du fonds Debrousse; puis, sur son avis favorable, il obtint de l'Institut le concours financier que nécessitait cette publication. Grâce à ce subside, deux ans après, toutes les miniatures du manuscrit se trouvaient reproduites en une série d'excellentes photogravures dans le volume intitulé *Les Antiquités judaïques et le peintre Jean Foucquet*, dont le texte est de notre confrère M. Durrieu.

Déjà, en 1904, Delisle n'avait pas joué un rôle moins actif et moins décisif dans la mise en train d'une autre publication, celle des admirables miniatures que contiennent *Les très riches Heures du duc Jean de Berry*, joyau incomparable du Musée Condé. Ce fut grâce à son intervention personnelle et à son insistance, que les éditeurs Plon et Nourrit voulurent bien faciliter la tâche dévolue à M. Durrieu et acceptèrent d'éditer ce coûteux ouvrage.

En cette même année 1904, Delisle prenait une part active à l'entreprise de cette *Exposition des primitifs* français dont les résultats ont été si considérables. C'est elle qui a conquis de haute lutte, pour la peinture française antérieure au XVᵉ siècle, une belle place dans l'histoire générale de l'art, place qui lui avait longtemps été refusée. Delisle fut un des plus actifs ouvriers de l'œuvre. L'exposition comprenait deux sections, dont l'une, pour les tableaux, tapisseries et sculptures, était installée au Pavillon de Marsan, tandis que l'autre, pour les miniatures de manuscrits, l'était à la Bibliothèque nationale. Delisle s'occupa avec la plus vive ardeur de cette seconde section. Ce fut lui qui établit le choix des manuscrits à exposer dans les vitrines, avec la préoccupation de montrer les types qui pourraient permettre de suivre l'évolution du style français depuis la fin du XIIIᵉ siècle jusqu'au XVIᵉ. Ce fut lui qui rédigea, dans les catalogues officiels de l'exposition, les notices, munies d'un apparat bibliographique, qui étaient consacrées à chacun de ces manuscrits. Aujourd'hui que les volumes ont repris leur place sur les rayons, la partie du catalogue de l'exposition de 1904 reste comme un excellent répertoire, qui peut rendre de précieux services à qui veut s'occuper de la peinture française sous les règnes des premiers Valois.

D'ailleurs, Delisle ne s'intéressait pas seulement aux peintures des manuscrits français. Il relevait encore avec une attentive curiosité les documents qui concernaient d'autres branches de l'art français. C'est ainsi qu'on le voit recueillir des renseignements utiles sur plusieurs architectes et sur la construction d'églises célèbres, s'occuper d'un médailleur, Jean de Candida et des orfèvres du XVe siècle. Il suffit de citer, dans cet ordre d'idées, son mémoire *sur la coupe d'or du roi Charles V*, pièce admirable qui, apportée d'Espagne en France, fut recueillie par le baron Pichon et est aujourd'hui au Musée Britannique. Il y a là, sur l'histoire de l'orfèvrerie française, des aperçus très neufs et très curieux.

On voit, par ces indications, comment Delisle, sans avoir jamais composé de traité didactique où il ait exposé ses doctrines, a donné une vive impulsion à tout un mouvement d'études et de recherches qui sont aujourd'hui très en faveur. Ce mouvement, il a beaucoup contribué à le diriger et à le régler. C'est dans les voies ouvertes par lui que se sont engagés, à sa suite, nombre d'érudits et de critiques qui appartiennent à d'autres générations. Sans avoir jamais professé, au sens étroit du mot, Delisle a été vraiment ainsi le maître et le chef de toute une école de travailleurs.

C'était en archiviste que Delisle avait commencé à s'occuper des manuscrits à miniatures ; mais, à force de regarder les images qui lui passaient sous les yeux, il avait fini par y trouver un charme singulier. Rien, dans son éducation antérieure, toute livresque, ne l'avait préparé à juger de la correction d'un dessin et de la beauté

d'une forme, non plus que de la qualité d'une couleur.
Pourtant, à considérer ces peintures avec la vigueur
d'attention qui le caractérisait, il apprit à voir et à distinguer le bon du médiocre ou du mauvais. En avançant
en âge, il devint de plus en plus sensible à ce qu'il y avait
dans la composition d'un tableau ici de pittoresque ingé-
nieux et de réalisme amusant, là de noblesse grave et
tendre, partout de richesse d'invention et de puissance
expressive. De comparaison en comparaison, il finit par
apprécier en connaisseur les mérites techniques de l'exécution, la hardiesse et la sûreté du trait, la franchise du
ton. A mesure que son goût s'affinait, il prenait un plaisir
de plus en plus vif à considérer les légères arabesques des
marges et surtout ces peintures de pleine page qui sont
souvent des tableaux de maître. C'est surtout dans certains écrits qui datent de ses dernières années que Delisle
parle des peintures de certains manuscrits hors ligne
avec une chaleur d'admiration, avec un enthousiasme où
il n'y a pas la moindre trace d'exagération déclamatoire.
Dans toute son œuvre on ne trouverait pas, je crois, une
phrase à prétention et à effet. La parfaite simplicité avec
laquelle il s'exprime nous est une sûre garante de la
sincérité des sentiments qu'il éprouve devant une miniature d'André Beauneveu ou de Jean Foucquet. Cet
érudit qui avait d'abord mis tout son cœur, comme il le
dit lui-même, « dans le parchemin et le vieux papier », a
dû certainement à l'art quelques-unes des plus intimes
jouissances qui aient consolé les tristesses de sa vie finis-
sante.

V

Parmi les joies de cette vie, il faut aussi compter les hommages que rendirent à Delisle, plusieurs fois, en de solennelles assises, ceux qui avaient été les témoins de son obstiné labeur, qui avaient profité de ses exemples et de ses leçons. Le 13 juin 1889, c'était la Société de l'École des Chartes qui, le jour où elle célébrait le cinquantenaire de sa fondation, fêtait « celui de ses membres qui a porté le plus haut l'honneur de son nom ». Elle lui offrait, à cette occasion, sa médaille exécutée, par Roty. En mai 1902, c'était la Société de l'Histoire de France qui convoquait tous ses membres en assemblée générale pour donner au maître l'assurance de l'admiration que lui avaient vouée tous ceux qui collaboraient à l'œuvre de science et de patriotisme que la Société avait entreprise. Au mois de novembre de cette même année, c'étaient tous les fonctionnaires de la Bibliothèque, conservateurs de département, bibliothécaires, gens de service, qui venaient apporter à Delisle le témoignage de leur respectueuse affection et lui rappeler que, cinquante ans auparavant, il était entré, comme simple attaché, dans le grand établissement dont il était maintenant le chef illustre et vénéré. Mme Léopold Delisle, à qui l'on avait envoyé des gerbes de fleurs, assistait à la réunion.

Si les paroles échangées dans cette fête de famille allèrent droit au cœur de Delisle, il ne put pas être moins sensible à l'hommage qui lui fut rendu le 8 mars 1903, quand, dans la grande salle de la Bibliothèque Mazarine, plus de trois cents personnes, savants français et étrangers de marque, lui présentèrent la *Bibliographie* de ses travaux compilée et rédigée par M. Paul Lacombe. Les frais du volume avaient été couverts par une souscription internationale. Plus de neuf cents souscripteurs, venus de tous les points du monde civilisé, avaient envoyé leur obole. Au discours du président du comité, notre confrère M. Émile Picot, aux lettres et adresses qui avaient été lues, Delisle répondit en parlant à son auditoire des devoirs du bibliothécaire, tels qu'il les comprenait et qu'il les avait toujours pratiqués avec tant d'intelligence et de conscience.

De toutes ces cérémonies, la plus mémorable et la plus touchante, ce fut celle du 6 décembre 1907, où nous célébrâmes le cinquantième anniversaire de l'entrée de Delisle dans notre Compagnie. Vous possédez tous la belle médaille où le grand sculpteur Chaplain a reproduit les traits de notre confrère. Vous vous rappelez la simple et fine allocution par laquelle notre président d'alors, M. Salomon Reinach, sut présenter au vieillard les félicitations et les vœux de l'Académie, et les paroles émues par lesquelles Delisle nous fit agréer ses remerciements. Ce fut pour nous une grande joie de le voir siéger encore parmi nous près de trois ans après cette inoubliable journée.

Delisle aurait pris moins de plaisir à ces jubilés si tout s'y était borné à un échange de congratulations et de compliments. On le savait. Aussi profitait-on de l'occasion pour entreprendre et pour dédier au maître la première édition de quelque texte inédit ou la reproduction en héliogravure de quelques belles miniatures. Lui-même n'était

pas en reste. Au cadeau qu'on lui faisait, il répondait en
tirant de ses papiers quelque mémoire depuis longtemps
préparé et en le donnant à l'impression. C'était sa manière
de remercier. C'est ainsi qu'en 1907, après la remise de
la médaille, il offrit à l'Académie ces deux beaux volumes
sur la librairie de Charles V où il disait son dernier mot
sur une question qui l'avait occupé dès sa jeunesse.
Avec lui, il n'était affaire qui ne tournât au profit de la
science.

VI

Pour donner une juste idée de l'importance et du
caractère de l'œuvre que laisse notre confrère, nous avons
dû nous résoudre à ne mentionner et à ne faire connaître
par une brève analyse qu'un petit nombre des ouvrages qui
portent son nom ; mais, dans ces conditions mêmes, on a
encore peine à comprendre comment, fût-ce à la faveur
d'une très longue vie, Delisle a pu tant produire, sans que,
dans aucune des pages qu'il a signées, se trahisse jamais la
hâte, que l'on y sente une préparation insuffisante. Pour
expliquer cette fécondité prodigieuse qui ne dégénère
jamais en facilité banale, il faut avoir vu vivre Delisle,
avoir assisté à cette continuité d'un travail qui ne s'inter-
rompait jamais, hors pendant les courts instants où la
nature elle-même impose à l'effort les répits nécessaires,
ceux qu'exigent l'alimentation et le sommeil. Le temps,
dit-on, est l'étoffe dont la vie est faite. Or je ne sais vraiment pas d'homme qui ait été aussi préoccupé que le fut
notre confrère de consacrer à l'étude le moindre lambeau

et jusqu'au moindre fil de cette étoffe. Je n'en sais pas
dans la vie de qui il y ait eu, si l'on peut ainsi parler,
moins de matière perdue, moins de déchets.

« Il y a comme cela des années où l'on a envie de ne
rien faire », dit un des personnages de la Vie de Bohème,
le philosophe Schaunard. Nul de vous, chers confrères, n'a
connu de ces années ; mais quel est celui d'entre nous qui,
au cours des travaux auxquels il a dû d'être des nôtres, n'ait
senti parfois le besoin de se détendre et de se distraire,
soit l'été, par une excursion de quelques heures ou de
quelques jours, en forêt ou en montagne, soit, l'hiver,
par une soirée passée dans le monde ou au théâtre? Quel
est celui qui se refuse un mois de loisir, pendant lequel
il ferme ses livres, laissés au logis, et met son esprit en
plein repos?

Cette fainéantise passagère, ce repos complet, Delisle
ne les a jamais connus. Jamais il ne se donnait de vacances,
au sens où nous entendons ce mot. Tous les ans, sans
doute, il quittait Paris, l'été, pour quelques semaines.
Tant que vécut sa sœur à laquelle il était tendrement
attaché, il allait volontiers à Valognes. Plus tard, il faisait
d'assez longs séjours à Chantilly ; mais qu'il partît pour la
Normandie ou pour Chantilly, jamais il ne manquait d'emporter avec lui une malle bourrée de livres, de papiers et
d'épreuves d'imprimerie. Dans la maison paternelle comme
dans la *Maison d'Enghien*, il travaillait presque tout le
jour et, le soir, plus tard que ne l'auraient voulu ses pro-
ches et ses amis, qui craignaient toujours de le voir dé-
passer la mesure. A Valognes, me racontait-on, quand il
paraissait en humeur de trop prolonger la veillée, sa sœur·

venait emporter la lampe. Il cédait à ses affectueuses instances et semblait résigné à se coucher ; mais, pendant la
journée, dans ses courses en ville, il avait, sans s'en vanter,
fait provision de bougies et souvent, lorsque la besogne
pressait, il se relevait dès que la maison lui paraissait
endormie et se remettait à l'ouvrage pour une heure ou
deux.

A Chantilly, parmi ces eaux claires et ces beaux om-
brages qui invitent à la promenade, il serait volontiers
resté toute la journée assis à sa table de travail. Pour le
décider à faire un tour dans le parc, après son déjeuner,
M. Macon, qui lui avait voué une respectueuse affection,
usait de ruse. Il venait le chercher et, sous prétexte d'avoir
un avis à lui demander, un manuscrit à lui montrer en
vue du catalogue auquel tous deux travaillaient de con-
cert, il l'entraînait dans les jardins ; il le provoquait à
causer ; il réussissait à lui faire prendre le plus long pour
aller jusqu'au château et à obtenir de lui, à son insu, une
heure de marche (1).

Pendant le reste de l'année, à Paris, Delisle n'aurait
pas bougé de son cabinet s'il n'avait écouté que son goût ;
mais il était, par excellence, l'homme du devoir, l'homme

---

(1) Ce serait peut-être ici l'occasion de parler du factum imprimé et dis-
tribué dans de si étranges conditions, où Delisle, à propos du catalogue
auquel il donnait tous ses soins, eut à subir une si injuste attaque. Nous
préférons ne pas insister sur cet incident. Il existe à Chantilly le brouillon
d'une lettre par laquelle Delisle s'était proposé de répondre à l'accusation
portée contre lui. Ses amis, et ils eurent raison, lui représentèrent qu'il
n'avait à répondre que par le silence à des imputations qui ne pouvaient
l'atteindre. L'auteur même de cet écrit doit regretter aujourd'hui le vif
chagrin qu'il a causé au vieillard par cette agression imprévue et immé-
ritée.

de tous les devoirs, et ceux-ci l'appelaient hors du logis.
Acceptait-il une désignation qui était un hommage rendu
à sa haute compétence, c'était toujours avec le très
ferme propos de supporter les charges afférentes à l'honneur qui lui était conféré. Pour répondre aux témoignages
d'estime qui lui étaient prodigués, il s'astreignit souvent
à aller présider les séances solennelles de sociétés provin-
ciales qui étaient fières de voir son nom figurer en tête de
leurs listes d'associés. C'était surtout pour les sociétés de
sa province natale qu'il s'imposait volontiers ces dérange-
ments, surtout pour cette société des *Antiquaires de Normandie* à laquelle il donna, pour ses *Mémoires* et son *Bulletin*, plus d'un travail important, plus d'une note précieuse.

Delisle ne pouvait se permettre que de loin en loin ces
déplacements qui exigeaient au moins le sacrifice d'une
journée; mais, à Paris, il avait à sortir presque chaque
jour. Ce qui le chassait de chez lui, c'était les séances de
notre Académie, auxquelles il ne manquait jamais, et celles
de cette commission centrale de l'Institut dont il fut pendant tant d'années le dévoué secrétaire. C'était celles de
la *Société des antiquaires de France*, auxquelles il fut très
assidu tant que ses jambes purent supporter la fatigue de
l'ascension des escaliers du Louvre. C'était l'École des
Chartes, ses examens et la Société de ses anciens élèves.
C'était la Société de l'histoire de France, celle de l'histoire de Paris, et maintes autres sociétés auxquelles, à
l'occasion, il ne refusait pas l'encouragement de sa présence et d'une part prise à la discussion. C'était enfin le
ministère, où il présidait une des sections du Comité des
travaux historiques.

Avant que la vieillesse lui eût rendu la marche pénible, c'était d'ordinaire à pied, à tout petits pas, qu'il allait à ces rendez-vous, qu'il y arrivait, souvent un peu en retard. Jamais, dans sa jeunesse même, il n'avait eu ce que l'on appelle aujourd'hui le tempérament sportif. Il n'avait pas, comme ses contemporains Barthélemy Saint-Hilaire et Littré, pratiqué le canotage et la natation. Dès sa première jeunesse, il avait été un homme de cabinet. Aussi, lorsque, par le naturel effet de ses occupations qui devenaient plus lourdes d'année en année, sa vie se fut faite le plus sédentaire, lui suffit-il, pour entretenir sa santé, de l'exercice très modéré auquel le contraignaient ce que l'on peut appeler ses courses professionnelles. Cette santé ne le trahit jamais au point de le condamner à une inaction absolue qui aurait été pour lui le plus cruel des supplices. Il avait bien eu, vers le commencement de sa vieillesse, des hémorragies nasales qui avaient inquiété ses amis ; mais il avait consenti à se ménager pendant quelque temps et ces fâcheux symptômes de fatigue cérébrale avaient disparu pour ne reparaître que quelques mois avant sa mort. Cependant, à la longue, l'habitude qu'il avait prise d'être sans cesse penché sur un livre avait fini par déformer son corps. Son dos s'était voûté. Il avait beaucoup perdu de sa taille. Il ne s'en chagrinait pas, toujours satisfait, pourvu que ses yeux ne lui refusassent pas leur service. Or ceux-ci, quoiqu'il ne leur eût guère donné de trêve, tinrent bon et, jusqu'à la dernière heure, lui permirent la lecture, même à la lumière de la lampe.

Si sa vigueur native et l'acuité de sa vue persistèrent ainsi jusqu'au bout, c'est qu'il ne se laissa jamais entraîner

à ces excès, je dirai presque à ces débauches de travail
dont ne surent pas se priver d'autres grands érudits.
Pendant sa jeunesse et la plus grande partie de son âge
mûr, Renan veillait jusqu'à deux ou trois heures du matin.
Il ne prit le parti d'abréger ses veilles que lorsqu'il lui fut
impossible de se dissimuler qu'elles avaient compromis
gravement sa santé. Littré, comme il le raconte lui-même
dans une page exquise de la préface du *Dictionnaire*,
veillait jusqu'au jour. C'était les premières clartés de
l'aube et le chant matinal des oiseaux qui l'arrachaient à
sa tâche. Or ceux d'entre vous qui l'ont connu se rappellent sans doute à quel état de cachexie l'avait conduit
un régime aussi malsain.

La vie de Delisle était mieux réglée. Lui-même, un
jour, m'en a exposé le plan et l'économie. Il usait de
la veille studieuse; mais il n'en abusait pas. D'ailleurs,
me disait-il, il n'avait pas besoin de beaucoup dormir.
Cinq heures à cinq heures et demie de sommeil lui suffi-
saient. L'hiver, il se levait entre sept et huit heures. Il
se ménageait ainsi, avant que vînt pour lui le moment de
descendre à son bureau d'administrateur, deux ou trois
heures réservées à son travail personnel. L'été, il était
debout à cinq heures, et souvent alors, après qu'étaient
terminées les rondes de nuit, il allait se promener dans
la Bibliothèque encore déserte, y consulter sur place les
livres où il cherchait une référence. Le soir, après un
sobre dîner, il causait pendant un quart d'heure ou une
demi-heure; puis il se remettait à l'ouvrage jusque vers
onze heures ou un peu plus tard. Quand minuit allait
sonner, Mme Delisle posait dans sa corbeille la tapisserie

commencée ou laissait là les copies qu'elle faisait pour
son mari ; elle venait souffler la lampe.

Ces trois ou quatre heures d'étude nocturne, dans le
silence du cabinet, étaient celles sur lesquelles Delisle
comptait le plus, pour avancer ses travaux ; aussi n'y
renonçait-il pas volontiers. Une ou deux fois par hiver,
du temps où les ministres de l'Instruction publique rece-
vaient, il endossait son habit, courait en voiture au ministère, entrait par une porte, sortait par l'autre et retournait
à la Bibliothèque achever la page commencée. Parfois il
consentait à dîner, en petit comité, chez M. Lair, où la
soirée se passait à parler d'Orderic Vital et de Guillaume
de Jumièges, les historiens de la Normandie. Parfois aussi
c'était un dîner de famille chez Mme Eugène Burnouf ;
mais ces fugues étaient si rares qu'elles ne changeaient
rien à la teneur de cette vie si bien ordonnée. On peut
dire que Delisle ne sortait jamais le soir.

Pendant quatre ou cinq ans, Delisle, au cours de l'hiver,
reçut, le jeudi soir, à la Bibliothèque. Ces réceptions
étaient très courues. Tout ce qui tenait à l'Académie et à
l'École des Chartes se pressait dans les hautes et vastes
pièces où, du plancher jusqu'au plafond, rangés par ordre
de format, les livres s'étageaient, reliés avec soin, mais
sans luxe. Le veau et le chagrin revêtaient la muraille
d'une tenture dont les tons harmonieux et fondus avaient
leur richesse. De loin en loin, il recevait à dîner quelques
vieux amis normands, tels que MM. Arthur de Laborderie,
Charles et Eugène de Beaurepaire, Émile Travers, ou
quelques savants étrangers de passage à Paris. On causait
livres et manuscrits, découvertes récentes faites dans les

12

archives et ces intermèdes n'étaient pas du temps perdu.

En dehors de ces heures du matin et du soir où il pouvait se renfermer dans son cabinet, Delisle travaillait partout. Il avait l'art de ne jamais perdre cinq minutes. Il travaillait, entre deux visites, dans son bureau d'administrateur. Il travaillait dans les commissions et pendant nos séances. Nul de nous ne peut se vanter de s'être jamais fait écouter par lui, en séance, à moins que le sujet traité ne touchât à ses études. Ces habitudes étaient si connues qu'elles prêtaient à la légende. Dans les premiers temps de son mariage, Delisle, racontait-on, s'était laissé parfois emmener à l'Opéra; mais il y emportait ses épreuves d'imprimerie et, au premier entr'acte, il se retirait avec elles au fond de la loge et se mettait à les corriger. Il ne reprenait sa place sur le devant et ne recommençait à paraître écouter la musique que sa tâche finie. Ce que je puis attester, pour l'avoir vu, c'est que si, par quelque beau dimanche d'été, il venait déjeuner à Viroflay, chez son beau-frère Gaston Boissier, il y arrivait avec sa serviette bondée d'épreuves qu'il avait commencé de relire dans le train et qu'il comptait achever de revoir dans le voyage de retour. D'ailleurs, malgré d'affectueuses instances, il refusait de rester à dîner. C'eût été renoncer au travail de cette soirée du dimanche.

Alors qu'il était dans la force de l'âge, il ne regardait point à quitter Paris, pour aller en province visiter des archives ou une bibliothèque. On aurait pu croire que ces déplacements lui fourniraient l'occasion de se reposer; mais, sans compter qu'il lisait ou qu'il écrivait, en chemin de fer, pendant tout le trajet, une fois arrivé à destination, il s'emprisonnait si obstinément dans les salles où il poursuivait son butin que sa journée y était plus chargée de travail qu'une de ses journées de Paris. On en jugera par le récit que me fait un de nos confrères, M. Durrieu, d'un voyage à Strasbourg où il accompagna Delisle, en 1889.

« On venait, m'écrit-il, d'apprendre à Paris qu'il se préparait une très importante vente de manuscrits à miniatures qui devait avoir lieu à Londres au mois de mai. Il s'agissait de manuscrits qui provenaient de la collection des ducs de Hamilton, collection achetée en bloc par le musée de Berlin, mais dont ce musée n'avait pu garder qu'une partie (1). Avant d'être envoyés en Angleterre pour la vente, ces manuscrits furent, pendant quelque temps, déposés à Strasbourg, chez le libraire Truebner. Delisle ne voulut pas laisser échapper une pareille occasion. Il partit en hâte pour Strasbourg, m'emmenant avec lui. Nous partîmes de Paris le soir. Le matin, aussitôt arrivés, nous nous rendions en toute hâte chez Truebner, et nous commencions à y examiner les manuscrits. Delisle, prenant des notes, travaillait avec acharnement. Arrive l'heure du déjeuner. Pour éviter à Delisle une perte de temps, la gracieuse Mme Truebner propose à Delisle de déjeuner sur place.

« Delisle accepte avec empressement et, le déjeuner vite expédié, il se remet à la besogne. A l'heure du dîner, Mme Truebner, voyant le grand érudit toujours enfoncé dans l'étude, renouvelle son invitation du matin. On dîne, comme on avait déjeuné, au milieu des manuscrits partout

(1) Cf. *Bulletin de la Société des antiquaires de France*, 1889, p. 155.

étalés dans l'appartement. A peine s'est-on levé de table que Delisle retournait aux manuscrits. A dix heures du soir, il achevait l'examen commencé à huit heures du matin. Il remercie ses hôtes et, dès le lendemain matin, il remontait dans le train de Paris.

« Cette héroïque séance de quatorze heures consécutives passées dans la librairie de Strasbourg ne fut pas sans résultats heureux. Delisle en rapporta des notes, dont il se servit plus tard dans ses travaux. Il fit choix aussi de deux manuscrits intéressants, qu'il put acheter à la vente pour la Bibliothèque. Deux autres, qu'il eût vivement désiré acquérir, devaient atteindre aux enchères un prix qu'il ne pouvait en donner. Il les signala au duc d'Aumale, qui s'en rendit acquéreur. Nous les possédons aujourd'hui au Musée Condé. »

Dans cette vie où tout était calculé pour tirer parti même de la moindre minute libre, il n'y avait guère place pour les agréments de cette conversation légère et mondaine qui aide les oisifs à tuer le temps, comme on dit. Delisle, jusqu'à ces dernières années, avait été un homme de peu de paroles. Il ne causait volontiers que des sujets qui, de près ou de loin, se rattachaient à ses travaux. Un avis lui était-il demandé, en commission ou en séance, il le donnait en quelques mots très nets qui, grâce à l'autorité de son expérience et à la sûreté de son jugement, tranchaient presque toujours le débat. Vers la fin de sa vie, nous l'avions tous remarqué, ses allures avaient changé. Il semblait se complaire à causer, même longuement. Il réveillait les souvenirs de sa jeunesse ; il contait des anecdotes sur les savants qu'il avait connus. Cette

tendance, toute nouvelle, à s'espacer et à s'étendre, c'était
un des indices qui nous avaient avertis que la vieillesse,
qui jusqu'alors n'avait pas eu prise sur notre confrère,
commençait à lui faire sentir ses atteintes.

Ce qui, chez Delisle, ne souffrit jamais aucune dimi-
nution, ce fut son inépuisable obligeance, l'empressement
avec lequel, aussitôt qu'il en était prié, il se mettait à la
disposition de quiconque, jeune ou vieux, conscrit ou
vétéran de la science, allait lui demander aide ou conseil. Quand il siégeait au Cabinet des manuscrits, les
débutants qui venaient y faire leur apprentissage de
paléographes, sûrs de trouver dans sa merveilleuse mémoire le renseignement demandé, abusaient un peu de sa
complaisance. On le dérangeait pour un rien ; mais jamais
il n'en paraissait contrarié ; il se hâtait de fournir la cote
ou l'explication demandée. Encore pourrait-on dire qu'il
ne faisait là que s'acquitter de sa fonction ; mais, chez lui,
pendant ces soirées dont il était le maître, il n'était pas
plus avare de sa science et de ses conseils. C'est ce dont
témoigne notre confrère M. de Lasteyrie. Celui-ci, lorsqu'il était employé aux Archives, ne pouvait pas, pendant
la journée, fréquenter le Cabinet des manuscrits. C'était
donc le soir que, trois ou quatre fois par semaine, il prenait le chemin de la rue d'Hauteville, où demeurait alors
Delisle. Il s'installait pour deux ou trois heures, dans le
cabinet du maître, à un bout de sa table, usant de ses
livres et le consultant, dès qu'il était arrêté par quelque
difficulté. Il le trouvait toujours prêt à lui répondre et à
lui fournir tous les éclaircissements désirés.

Le cas était le même pour notre ancien confrère

M. Lair, dont toutes les journées étaient prises par les affaires (1). Très souvent, vers la fin de l'après-midi ou après le dîner, il allait frapper à la porte de Delisle, se documenter auprès de lui, le consulter sur tout ce qui l'embarrassait.

Beaucoup d'autres que les deux savants ici nommés ont profité de cette libéralité du maître. Jamais il n'y eut homme à qui fût plus étranger un sentiment qu'il n'est pas rare de rencontrer même chez des savants de mérite, une sorte de jalousie inavouée à l'endroit du successeur possible et prévu, une crainte secrète de se voir dépassé, sur la route où l'on s'est engagé, par des émules plus jeunes, qui profiteront des découvertes de leurs devanciers pour pousser plus loin leur pointe. Tout concourait à préserver Delisle des blessures de ce mal qui a mis une souffrance cachée dans la vie de plus d'un érudit de marque. Peut-être pourra-t-on dire qu'il avait trop conscience de sa supériorité pour redouter aucune comparaison; mais ce qui explique surtout cette absence d'envie et de toute préoccupation personnelle, c'est la passion que Delisle avait vouée à cette science dont les progrès lui tenaient tant au cœur. Sa sympathie était acquise, de prime-saut, à tous ceux qui, peu ou prou, feraient avancer cette science. Il leur était reconnaissant. Il les considérait comme des collaborateurs et des amis.

Enfin, il y avait aussi sa bonté d'âme, cette bonté dont le souvenir est resté présent à tous ceux qui l'ont approché, qui ont été sous ses ordres ou qui ont vécu dans son

---

(1) Voir ma notice sur Lair, lue dans la séance du 15 novembre 1907.

intimité. Il aimait à rendre service, à donner satisfaction
aux désirs légitimes et à faire autour de lui des heureux.
Cette bonté native se marquait même à de certaines habitudes de langage. Exprimait-on devant lui une opinion
qui lui paraissait mal fondée, il ne disait jamais, — il
aurait craint de désobliger son interlocuteur : — « Vous
vous trompez » ; mais il répétait : « Voyons cela, voyons
cela ! » et il réfutait doucement l'erreur commise.

L'extrême réserve que Delisle apportait d'ordinaire à
s'engager n'a pas laissé parfois de causer quelque humeur
à ceux qui venaient lui demander une faveur, par exemple
aux candidats qui sollicitaient son suffrage pour entrer à
l'Académie. Vous aviez des raisons de croire qu'il ne vous
était point défavorable ; mais sauf dans des cas très rares,
à moins que le candidat ne fût de ceux qui étaient en
droit de se dire ses élèves, vous ne pouviez obtenir de
lui un encouragement, une promesse. Il réfléchirait,
disait-il, il écouterait la discussion des titres. Dans ce
soin qu'il prenait ainsi de se dérober, il y avait peut-être
encore un scrupule de sa bonté. Il ne pouvait donner à
tous ceux qui se présentaient la réponse qu'ils désiraient,
et il lui aurait été désagréable de voir d'honnêtes gens
sortir de chez lui n'emportant qu'un refus formel.

Cette réserve d'où il était si difficile de le faire sortir,
les partisans de la théorie des races l'expliquaient volontiers par son origine normande. C'était, disait-on, la prudence traditionnelle du Normand qui, en affaires, n'aime
à dire ni oui ni non. Quelque part qu'il faille là faire à
l'hérédité, ce qui est certain, c'est que, par nature et par
habitude, Delisle répugnait à prononcer dès l'abord des

paroles qui l'auraient engagé. Ce parti pris de circonspec-
tion risquait parfois de désappointer ceux qui venaient
lui soumettre une proposition qu'ils auraient voulu voir
acceptée sans retard; mais il n'a pas peu contribué à
établir son autorité scientifique. On le savait résolu à
n'affirmer que lorsqu'il avait en main la preuve de ses
assertions. Aussi était-on disposé à croire qu'il ne se
trompait jamais. On avait presque la superstition de son
infaillibilité.

Cette prudence d'esprit n'allait pas sans une énergie de
caractère dont il donna plus d'une preuve. Nous avons dit
avec quelle fermeté il avait, en 1871, résisté aux agents
de la Commune. Quand il était sûr d'être dans le juste et
dans le vrai, il n'hésitait pas; il s'engageait à fond. C'est
ainsi qu'il lui fallut beaucoup de décision et de courage
pour achever de démasquer Libri. Libri avait de puissants
protecteurs dans les régions du pouvoir, dans la presse
et dans le monde; il était soutenu avec passion par un
confrère de Delisle, écrivain célèbre et mordant polémiste.
Attaquer Libri et le pousser jusque dans ses derniers re-
tranchements, c'était s'exposer à des inimitiés redoutables,
à des insinuations perfides et à de cruelles railleries.
Rien ne put arrêter Delisle, tant était forte l'indigna-
tion, nous pourrions presque dire la haine qu'il éprouvait contre le larron qui avait dépouillé de leurs trésors
sa chère Bibliothèque nationale et plusieurs autres bibliothèques françaises. En même temps qu'un grand érudit,
le confrère dont nous honorons aujourd'hui la mémoire
fut un cœur vaillant et un grand honnête homme.

VII

Pour savoir et pour dire combien notre confrère était bon, et quelle force d'âme il mettait au service des justes causes, nous n'avons qu'à nous souvenir; mais il nous faut faire quelque effort de réflexion pour définir avec précision le caractère et la valeur de son œuvre, ainsi que la place qu'il mérite d'occuper au premier rang de ses émules, parmi les plus laborieux et les plus sagaces des savants hommes qui, depuis trois siècles, se sont employés, avec une patiente ardeur, à nous faire connaître, dans le plus exact détail, le passé de notre cher pays, à nous mettre en mesure de payer notre dette de gratitude à tous ceux, chefs d'État et capitaines, artistes et écrivains, qui ont concouru à faire la France, à lui conquérir la situation qu'elle a occupée dans l'Europe du moyen âge et des temps modernes, à traduire avec force et clarté ses sentiments et ses pensées.

Au lendemain du décès de notre confrère, un de ses plus fervents admirateurs exprimait le regret que Delisle, après avoir réuni en un magistral recueil les actes de Philippe-Auguste, n'ait pas entrepris d'écrire l'histoire du prince et du règne (1). Il se laissait tromper par les sentiments de vénération qu'il portait au maître perdu. Jamais, croyons-nous, Delisle n'aurait eu cette ambition. Je ne sais pas d'homme qui ait été moins tenté de faire autre chose que ce qu'il était, par nature, apte à faire le mieux.

---

(1) M. Georges de Manteyer, dans le *Journal des Débats.*

Un jour, devant moi, d'Arbois de Jubainville lui demanda pourquoi il n'avait pas donné à son ouvrage sur
la condition des classes agricoles en Normandie un épi-
logue où il aurait rassemblé les traits épars dans le livre,
de manière à offrir au lecteur un tableau d'ensemble,
le tableau de la vie sociale et morale du paysan normand. « Je n'y ai jamais songé », répondit Delisle, « je
n'ai voulu que réunir des faits. Je les ai vérifiés et pré-
sentés de mon mieux. D'autres en tireront le parti qu'ils
voudront. »

Ce qui, d'ailleurs, eût peut-être suffi à défendre Delisle
contre la tentation de se hasarder sur ce terrain, c'eût été
l'enseignement de ses premiers maîtres, les Guérard et
les Natalis de Wailly. Ces esprits froids et sévères se
défiaient — ils ne s'en cachaient pas — des larges résumés
où se complaisait, dans des livres tels que la *Civilisation
de la France*, l'esprit généralisateur d'un Guizot. Ils expri-
maient parfois la crainte que ces belles constructions ne
reposassent pas toujours sur des fondements très solides,
sur une connaissance assez exacte du détail des faits.
L'histoire telle que l'écrivaient Augustin Thierry et
Michelet, avec la part de divination qu'elle suppose, ne
leur était pas moins suspecte. Cette défiance, ils n'avaient
point eu de peine à la faire partager au jeune élève de
l'École des Chartes. Appliquée, dès la première heure, à la
transcription des textes et au relevé minutieux des plus
petits faits, son intelligence répugna toujours à ce que
l'on appelle, d'un nom assez impropre, la philosophie de
l'histoire et aussi à cette magique évocation des choses
mortes et des hommes d'autrefois qui nous donne par ins-

tants la claire vision et comme l'hallucination du passé.

Soucieux de garder quelque souvenir des années écou-
lées, les peuples antiques de l'Orient, Égyptiens, Chaldéens,
Assyriens, n'avaient su rédiger que des annales plus ou
moins sèches. Ce fut le génie de la Grèce qui créa l'histoire
et celle-ci, depuis lors, à Rome et ensuite chez les peuples
modernes, s'est toujours assigné une double tâche. D'une
part, et c'est ce dont ailleurs on ne s'était pas avisé, elle
s'est appliquée à dégager de la multitude indéfinie des
faits ceux qui étaient les plus importants et les plus signifi-
catifs, ceux qui pouvaient le mieux servir à caractériser un
siècle ou un peuple, à faire apparaître les causes et les
effets des événements qu'elle racontait. Les considérations
que suggéraient à l'historien ces faits choisis entre tous,
un Hérodote et un Thucydide, un Tite-Live et un Tacite
les mettent dans la bouche des orateurs qu'ils font parler.
Un historien moderne les prend à son compte et les déve-
loppe en son propre nom; mais, comme son prédécesseur
antique, il éprouve le besoin d'expliquer les incidents
dont il expose la suite, de s'élever du particulier au
général, de découvrir les lois qui président à l'évolution
des sociétés humaines. En même temps, dans la part qu'il
fait au récit, l'historien cherche, avec plus ou moins de
succès, à mettre du mouvement et de la couleur, à dresser
devant nous, en pied, les principaux acteurs du drame
de l'histoire, à leur rendre assez de vie pour que nous
croyions les avoir connus, pour qu'il nous semble entendre
le son de leur voix, les regarder agir et marcher sous nos
yeux, saisir l'expression de leur physionomie, « Histoire,
c'est résurrection, » disait Michelet.

L'historien parfait,

Hic qualem nequeo monstrare, at sentio tantum,

devrait posséder au même degré ces deux aptitudes, celle
de l'analyse qui aboutit à la synthèse et celle d'une puissance d'imagination qui recrée un monde disparu. Cette
perfection, aucun historien ne l'a atteinte, ni dans l'antiquité, ni dans les temps modernes. Chez les plus grands
et les plus illustres historiens, l'une des deux facultés a
toujours été en excès, aux dépens de l'autre. Peut-être,
tant écrire l'histoire est une entreprise difficile, la plus
difficile où puisse s'essayer l'intelligence de l'homme, cet
idéal ne sera-t-il jamais pleinement réalisé.

En tout cas, pour avoir droit au titre d'historien, il
faut posséder, dans une mesure plus ou moins large, ou
l'esprit philosophique, ou le talent du narrateur. C'est à
quoi Delisle n'a jamais visé. Tout ce qu'il se proposait,
comme il le dit à D'Arbois, c'était de recueillir des faits ;
mais, dans ce domaine de l'histoire nationale, il n'est
pas de savant qui ait signalé autant de faits nouveaux,
qui ait mieux vérifié et mieux classé ceux qu'il portait à la
connaissance des travailleurs groupés dans le même champ
d'études. Si jamais, ce que nous ne saurions trop désirer,
il nous naît un historien qui réussisse à nous offrir, dans
un tableau d'ensemble, une image vivante et colorée de
ce monde si complexe et si divers que fut la France du
moyen âge, c'est aux livres de Delisle qu'il aura dû em-
prunter ceux des traits de ses peintures où l'accent du
dessin et la chaleur du ton donneront le mieux l'impression de la vérité retrouvée et de la ressemblance garantie.

Delisle n'a pas été un historien, au sens propre du mot ; mais on ne saurait nommer un érudit qui ait rendu plus de services à la science historique, qui ait été un meilleur auxiliaire et un plus actif pourvoyeur de l'histoire.

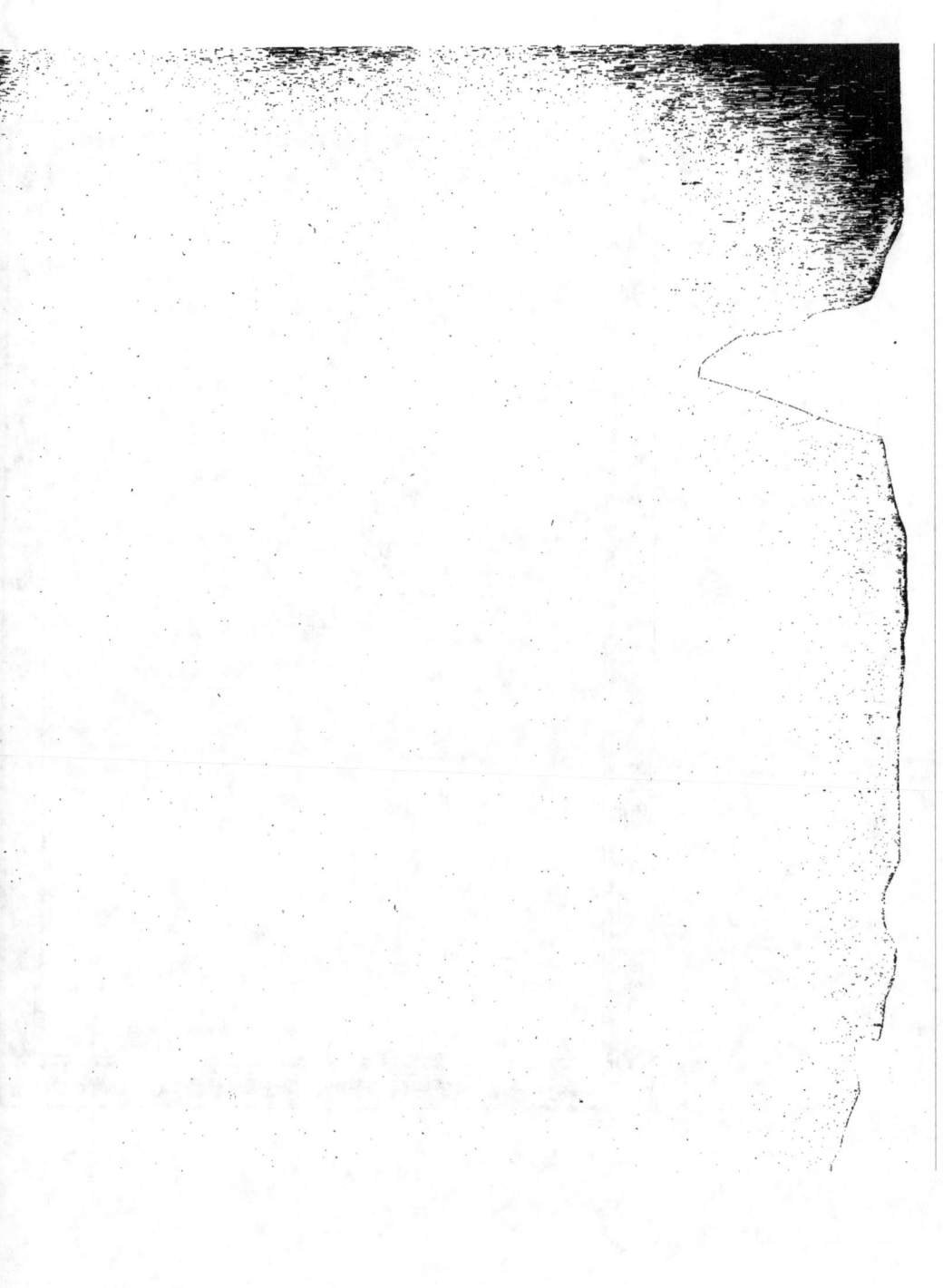